U0008416

破命之

華文創作百變天后

凌淑芬 著

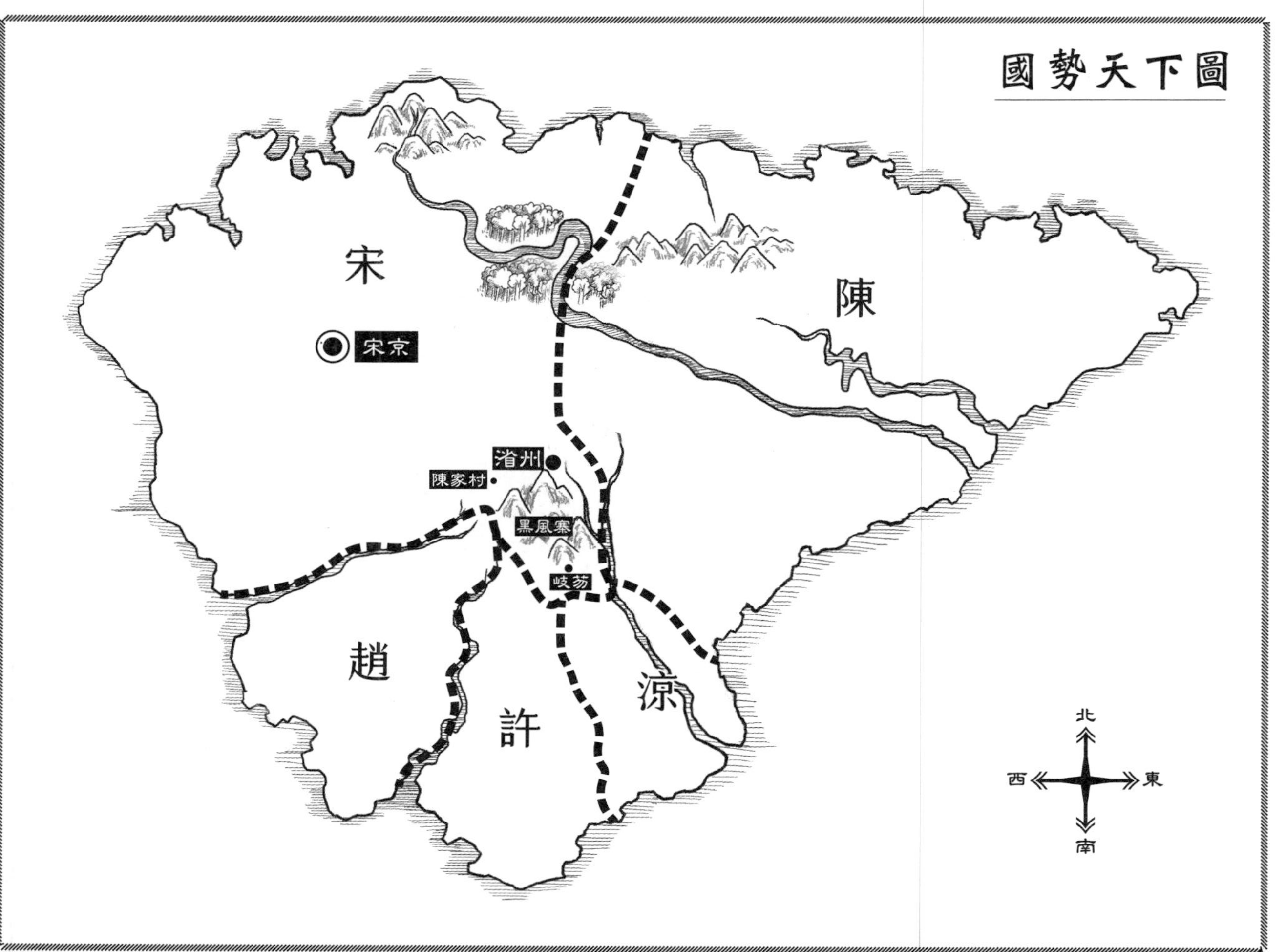
國勢天下圖
宋
宋京
陳
淯州
陳家村
黑風寨
岐芴
趙
許
涼
北
西
東
南

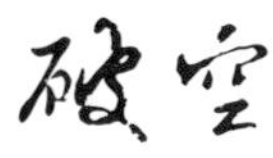

1

國家軍事總部　戰略情報室

正前方長四公尺、高兩公尺的巨大螢幕，讓遠在千里之外的夜襲行動在眼前栩栩如生上演。

環繞著超大螢幕的是十六個較小型的螢幕，各種衛星訊號、資料分析、不同的攝影角度、建築物藍圖、參與行動的小隊資料、恐怖份子情資等一一顯現在各個不同的螢幕裡。

一個U形的主控台正對著螢幕牆，此次行動的指揮官——心戰部中尉葛芮絲（Grace）手指在感應圈飛舞，分析著各種資訊。

在U形台後方，總數超過二十人的工作小組皆專心一致地處理自己負責的任務。每個人面前的小螢幕隨時與主牆同步連線。

螢幕上，七條矯健的人影在漆黑暗巷中無聲前進。他們來到一座豪宅的圍牆下，高達五公尺的水泥牆將屋內的動靜完全遮蔽。

為首的小隊長做了個手勢，兩名隊員無聲無息繞到右邊的巷子口，另外兩名隊員繞到左端的巷子口，餘下的三個人背心貼緊牆面不動，在原地待命。

小隊長低低的回報聲由麥克風清晰地傳回五千公里外的戰略情報室——

「A小隊就定位，待命中。」

此時，主螢幕分離成兩個畫面，右半邊是剛才就定位的A小隊，左半邊開始接收B小隊隊長的頭盔影像。

這一區畫面是一片樹林。

七條人影伏在林線的邊緣觀察情勢。

在他們眼前有一片長滿雜草的空地，約十公尺寬，再過去就是一條兩公尺寬的馬路，馬路另一側是民宅。這十二公尺的毫無遮掩會是一個問題。

「午夜十二點，那群壞蛋八成睡得差不多了，除死無大事。」巴格西聳了聳肩，壓低的嗓音從麥克風透過來。

「說得像恐怖份子真的敢放心睡覺似的。」旁邊的隆格吐槽他。

「他們也是人，他們當然會睡覺。人類如果不睡覺，你媽是怎麼有你的？」巴格西反擊。

「原來你是你媽睡覺的時候懷上的，失敬失敬。知道你爹是誰嗎？」隆格回敬。

巴格西不客氣地一拐子過去，隆格一檔，在最不暴露動靜的情況下，兩條大漢互相過了幾招。

一道魁梧的黑影舉起手，當頭各一個拐子下去。

「哦！」、「哦！」兩個男人各自抱著頭，乖乖縮回去。

「抱歉，老大，這傢伙有時就是欠揍。」巴格西的白牙在黑暗中一亮，說話的語氣像錯做事的小孩。

「規矩一點！」小隊長低喝。

魁梧的男人全名叫雷納克斯（Lenox），不過親近的人都叫他林諾（Leno）。

看他們輕鬆的神情，很難想像這群致命的海豹成員正在進行一項重要的軍事行動——逮捕全球最危險的恐怖份子首腦，沙克。

這是指，如果他的隊員別再像幼稚園小孩一樣打打鬧鬧。

千里之外的總部指揮官，並不阻止他們。

她已經參與過太多次類似的任務。

不懂的人會以爲這群高大威猛的戰士在重要時刻還不當回事，事實上，當你全身的發條上到極點，腎上腺素分泌到高峰，你需要一個洩壓的出口，這時和同伴的閒聊反而有助於維持冷靜。

行動前的最後幾分鐘往往是成功的關鍵，因此每個人的心理素質都必須非常穩定才行。在現場的林諾很清楚這一點，在幕後的葛芮絲也很清楚這一點。

林諾觀察著馬路對面的情勢。一輛賣宵夜的餐車停在路旁，最後一名客人正在等著自己的雞肉飯包好。

這種雞肉飯以大量的香料、雞肉與米飯炒好之後，夾在類似口袋麵包的餅皮中一起入口，十分好吃，是當地極受歡迎的街頭小吃。

「……我餓了。」隆格透過夜視望遠鏡觀察前面的餐車。

「你沒有不餓的時候。」林諾冷靜地盯著前方。巴格西在旁邊竊笑。

幾分鐘後，小販將雞肉飯包好，客人接過離開。餐車又在原地停了幾分鐘，確定已經沒有客人會出來了，小販終於將車子開走。

整條街道恢復沈寂。

林諾又等了半分鐘，低沈地對著耳麥說：「B小隊行動。」

其他六條大漢神色一整，幾秒鐘前的嘻笑怒罵消失無蹤。

七道黑影無聲無息地掩在草叢中前進，穿過空地，越過馬路，潛入最近的一條暗巷裡。

這個地區算是一個平價住宅區，附近大多是老舊的民宅，擁擁擠擠地蓋成一片，因此他們包圍的那棟豪宅就顯得鶴立雞群。

圍牆內部是一棟三層樓高的水泥建築，立在一片寬闊的庭院中央，由於他們無法從五公尺高的圍牆往內探視，這些日子以來，為了觀察內部的動靜，著實耗了些苦心。

無人機是不可行的，因為裡面的人如果真的是沙克——而情報來源證實為百分之九十九點七——他們一定會注意到無人機在他們上空盤旋，就會打草驚蛇。

最後，戰情部只能以衛星空拍，及房子當初蓋的藍圖來研判最新情勢，並模擬攻略。

如果沙克更低調一些，隱藏在公寓大樓之中，林諾相信他們不會那麼容易找到他。但沙克生性多疑，住在一般公寓大樓裡，就表示他無法掌握整棟樓的居民身分、出入時間。他寧可在一個吵雜的市中心蓋一間獨立的宅院。

這一招其實很聰明。大隱隱於世，當全世界的人都以爲沙克已經死了、躲在沙漠裡，或已偷渡出境時，但他其實就在市內。於是盟軍花了好幾年的時間，才敢確定他的行蹤。

然而，一旦確定他的藏匿地點，他的多疑就成了他們的助力。因爲這一棟獨立豪宅正好讓他們被其他住戶干擾的可能性降到最低。

林諾小隊的七個人，左三右四貼在後門的兩側，與黑暗完全融爲一體。

「B小隊就定位。」林諾低沈的嗓音傳送到戰情室。

整間戰情室立刻忙了起來。

爲了這次行動，攻堅小組與幕僚已預演了六個星期。葛芮絲叫出豪宅藍圖，對照最新的衛星影像，確定在過去六個星期內該建築物在外觀上並沒有太大的改變。

林諾巨大的手掌握住門把，輕輕一扳。

上鎖的。

「呼叫『鷹巢』。」他的嗓音從戰情室的擴音機中傳了出來。

「給我三十秒。」

「中尉，妳變慢了。」林諾輕笑。

「你確定你要用這種口氣跟救過你小命好幾次的人說話？」葛芮絲的手指飛快在虛擬鍵盤上移動。

「聽說女人過了二十六歲就過了顛峰時期。提醒我一下，妳今年貴庚？」林諾故意問。

擴音器傳來高低不一的咳嗽聲。考慮到另一端是戰略情報部最難惹的行動指揮官，林諾的隊員們都明智地把笑聲吞回去。

全世界只有一個人敢捻葛芮絲中尉的虎鬚，也只有這個人葛芮絲中尉唯一會容忍。

「你二十六歲就得了老年癡呆症了嗎？」葛芮絲飛快撥開一個又一個的檔案，抓出需要的那個，雙手一揮放大到面前的虛擬螢幕上。

林諾不知死活地繼續：「噢，我想到了，妳大我兩歲，我今年二十六，所以妳已經……」

喀嗒。

他面前的那道鐵門自行彈開一條縫。

三十秒整。

巴格西目瞪口呆。

「這個門又不是電腦遙控鎖，她是怎麼……」

林諾很早就放棄去追究這種細節。反正她說門鎖由她負責，她就會負責。

當你的工作是對付全世界最難纏的恐怖份子，跟你一起工作的人能不能獲得你的信賴是攸關生死的大事。

他知道他可以把自己和兄弟的命交給葛芮絲。

「B小隊，行進！」

一場經過縝密規劃的行動在葛芮絲面前上演。

七支小隊，從六個不同的路線，同時行動。

每個小隊有如一部上好油的精密機器，完美地互相配合運作。

葛芮絲坐在主控台前，神情端凝。各種回傳的數據跳上大小螢幕，並且同時在她的大腦裡分析演算。

她背後有各種忙碌的運作聲響——聲控命令，傳統鍵盤敲擊，設備運轉。

她的雙手不斷在虛擬接收器翻動，隨時給出精確的行動指示。

她同時監控六條路線的攻堅行動，但以林諾爲首的B隊永遠被她放置在主螢幕的一角，讓她隨時注意他那一隊的情況。

屋內的恐怖份子發現終於有人來襲！雖然爲時已晚，他們抱著誓死戰到最後一刻的決心，整個情勢瞬間加溫。

槍枝交火的聲音開始從各個角落響起，轟！C隊的火箭炮從外部制高塔射向頂樓的守望塔，橘紅色的炮火霎時染紅夜空。

林諾的B隊攻上二樓，他迅速掃了一眼左邊開放空間。沒人，右邊有一扇門是打開的，然而裡面漆黑一片，從門口什麼都看不見。

林諾手指比了兩個人，綽號「雷達」的隊員閃身而來，貼在門的左邊，「豹子」貼在門的右邊，兩人交換一眼，舉著衝鋒槍一上一下閃進門內。

「不許動！」

砰！砰！砰！砰！砰！

一陣婦人小孩的尖叫聲響起。

砰砰砰！

又一陣高高低低的哭叫聲大作。

五分鐘後，雷達從裡面大喊：

「Clear!」

以林諾爲首的五名成員繼續攻向三樓。

在樓梯轉角突然有張臉微微一探。

「沙克！」林諾認出那張臉的主人，沈聲一吼，立刻開槍。

那張臉馬上縮回去。砰砰砰砰砰！

葛芮絲立刻將林諾的畫面拉到最中間，右手叫出三樓的建築藍圖。

林諾想繼續往三樓攻上去。

「慢著！」葛芮絲突然叫道。

「爲什麼？」林諾低吼。

「等等就是了。」葛芮絲兩隻手在感應板上移動，表情冷靜得不像她正在指揮一場生死交關的殲滅行動。

婦人小孩尖銳的哭叫聲持續從二樓傳上來，刺得耳膜發脹。

隆格對下方大吼：

「雷達，叫她們閉嘴！」

不知雷達做了什麼，裡頭的哭叫聲立刻低了一階。

「葛芮絲？」林諾對著耳麥道。

「三樓是他們自行加蓋的，是唯一我們無法掌握到藍圖的樓層。」桌首的小螢幕將葛芮絲專注的臉映成淡藍色。

她從內線情報和過去一年的衛星圖來分析，樓上應該只有左右兩個房間。右邊那一間用電量極高，極有可能是電腦設備終端室，但左邊那間是什麼？葛芮絲無法確定。

她不喜歡盲目的攻擊。

「75%的可能性在右邊是沙克的電腦資料室。」她道。

「75%的機率夠高了。」林諾準備衝。

「耐心一點！」電腦跳出來的分析結果讓她心頭一凜。「該死，左邊那間偵測到不明物質，極有可能是……」

轟隆——

頂樓突然響起劇烈的爆炸聲。現場所有人立刻扶住牆面穩住自己。

「他媽的發生了什麼事？」

「C隊，回報！回報！回報！」

「E隊回報。E隊回報。」

無線電裡響起各種呼叫。

E隊是負責從頂樓攻堅的小隊，C隊則佈署在周圍高樓的制高點負責掩護。屋頂的情況，這兩個小隊一定有第一手資料。

C隊小隊長的聲音立刻傳來：

「E隊的海鷹直升機被火箭筒擊中，墜毀在頂樓。」海鷹直升機是載E隊到頂樓就定位的直升機。「成員順利逃生，一，二，三，四……」

C隊長在數人頭的時候，葛芮絲的衛星即時影像早已拉到正中央的大螢幕上。

七名E隊成員順利逃出直升機，然而畫面上看不到駕駛員跳出機艙。

E隊成員在空曠的天台尋找掩護時，左邊突然有一扇鋼板門從地面往上掀開。

葛芮絲立刻從耳麥大叫：

「盧卡下士，兩點鐘！」

幾乎是她的叫聲一響，激烈的槍戰隨之而起。

E小隊迅速將墜毀的直升機當做掩體，在三樓樓梯間的林諾已經聽到槍響。

「發生了什麼事？」他低沈大吼。

「你們左邊那間儲藏室有人試圖攻上頂樓。」

「我們進去。」林諾道。

「否定，否定！左邊儲藏室偵測到疑似化學物質，沙克極有可能正在製作生化型自殺炸彈，所有人員立刻從主屋撤離！」

「葛芮絲，我不會讓我的兄弟在頂樓當待宰羔羊。」林諾簡潔地道，接下來便沒有聲音了。

「該死！」太瞭解他的葛芮絲立刻叫出她早就想好的備用方案。

就是因爲這呆子永遠不聽話，她才有一個又一個的備用方案。下次見面她會把他的頭扭掉，不過現在先把他的屁股拖回安全的地方再說。

林諾回頭對身後的五個隊員一點頭，每個人的眼神俱是一硬，心中默數到三，同時衝向左邊，二左二右，林諾居中。

砰砰砰砰砰砰砰——激烈的駁火聲響起。

儲藏室裡突然有人大喊一聲聖戰士的宣言衝出來，林諾「砰」神準的一槍，擊中他的眉心，其他人立馬補上幾槍。

葛芮絲從畫面中看見那個人身上穿著一件自殺炸彈背心。那人的手指抽動一下，終究軟倒下去。葛芮絲驚出一背心冷汗。

儲藏室裡的人被制伏。

她繼續調派其他幾個小隊，開始往中心點圍攏攻堅。

林諾等人回到三樓中間地帶，來到右邊的電腦室前。

「老大，他們可能會放手一搏。」雷達背心貼著牆壁，提醒道。

「等他們有命再說。」林諾冷硬地道：「巴格西！」

巴格西一槍打壞門鎖。

激烈的槍戰和吼叫響了出來。

原來電腦室裡還有另一扇通往頂樓的掀門。對方強力反擊，他們一時無法看見裡面的情景，也無法斷定人數。從槍聲來判斷，初步有五、六個持槍的人在裡面。

「二樓以下人員立刻退出主建物！B小隊，你們有七分四十五秒的時間攻堅！」葛芮絲冷靜的命令聲響起。

到。

「七分四十五秒，她說得容易。」雷達不敢嘀咕太大聲，免得被某個虎姑娘聽到。

「我知道不容易，這條路是你們家小隊長選的。七分四十五秒之後，無論成果，立刻退出主宅！」虎姑婆還是聽到了。

雷達做個苦瓜臉。

「那是什麼聲音？」一個隊員突然道。

一陣低低的嗡嗡聲由遠方漸漸飛近，再聽一會兒——

「轟炸機！她要轟了這個地方。」眾人醒悟。

林諾做個手勢，幾條大漢同時對破爛的門內射擊。

「別動！放下武器，放下武器！」

雷腦室內有三個人倒地，剩下來的幾個人全擠在一把鐵梯子前面，梯子最上端站了一個人，正推開掀門對天台的人射擊。林諾眼睛一掃，直接跟其中一人對上眼——沙克。

砰砰砰砰！

瀰漫的火藥硝煙一時遮蔽了鋼盔上的鏡頭，葛芮絲只能從鏡頭的晃動知道林諾還能行動。她強壓下心頭的焦慮，冷靜等待回報。

「鷹巢，目標已擒獲！重覆，目標已擒獲！」林諾沙啞的聲音突然響起。

「沙克還活著嗎？」葛芮絲問。

「確認！他還活著。」

這次的攻堅行動，最高主旨就是生擒沙克，但他們都知道這件事極有難度，沙克只要看情況不對，隨時有可能選擇自盡，或引爆炸彈讓所有人一起送命。因此一開始任務目標便說明得很清楚，如果不能生擒沙克，就格斃他。

一開始所有人便做好了沙克會死的準備，沒想到林諾依然將他生擒下來。

眞不曉得在剛才的那陣兵荒馬亂中，他是如何辦到的。葛芮絲嘴角的笑意隱約一閃。

幾個頑強的恐怖份子從掀門鑽上頂樓，激烈的駁火繼續傳來。

雷達幾個人將恐怖份子全逼上頂樓，把掀門關死，交給上頭的弟兄去處理。三樓正式由他們攻佔。

「三樓 Clear。」雷達大喊。

「你們還有四分鐘的時間，盡量收集所有能找到的硬碟和儲存裝置，將沙克帶回基地！」葛芮絲的嗓音傳到每個人的耳機裡。

「這裡像個恐怖份子的寶庫，四分鐘不夠用。」雷達大叫。

「你們只有四分鐘。」葛芮絲重複。

「巴格西！」林諾大喊。

巴格西衝進來，與雷達同時抬起已經被制住的沙克。沙克激烈地掙扎，他的口中塞著布條防止他咬舌自盡。

「你們聽到她的話了，四分鐘！」林諾吼出命令。

巴格西和雷達迅速將沙克提下樓，所有在屋子裡面的人同時動了起來。

三分五十秒後，幾條大漢扛著所有資料一起衝下樓。頂樓的餘孽已由G小隊完全殲滅，各隊依照原先規劃好的路線一一撤離。

四分十秒後，一顆炸彈將整片產業夷爲平地，毀掉所有蹤跡。

一場驚心動魄的夜襲行動順利完成。

★

「你，是一個非常不服從命令的軍人，林諾上士。」

葛芮絲注視著站在她面前的高大男人。

在Z472號海軍基地裡，三個小隊的成員一下了機立刻在原地排成三排，接受長官的簡短嘉獎。

長官退場之後，葛芮絲中尉宣布其他兩個小隊原地解散，只留下林諾的七人小組。

其他六個隊員站在林諾身後，神色肅穆、目不斜視，乖得像站在訓導主任面前的孩子。

她停在林諾面前，六呎四吋（一百九十三公分）的他比她足足高一顆頭和一截脖子，肩膀幾乎是她的兩倍寬，胸膛厚實得如一堵鐵牆。他的身上依然穿著野戰背心，一身的驃悍肅殺。

這是強盜在暗巷裡遇到會自動繞路走的男人。

她雙手盤起，肩膀上的中尉軍徽因爲這個動作而拱了一下，其他隊員大氣不敢喘一聲。

「這是家族遺傳。聽說我姊姊也曾是個桀驁不馴的人物。」林諾目視前方，白牙一閃。

巴格西的嘴角抽動一下。

「關鍵字是『曾經』。」葛芮絲指出。

林諾的目光終於低下來，潔白的牙在黝黑的臉上份外好看。

「中尉，妳若想說服我她已經變成一隻被馴養的家貓，恐怕我會以爲這次的任務讓我傷到大腦，出現幻覺了。」

葛芮絲秀眸微瞇，凝視他一會兒。

最後，她用力捶他一拳。林諾大笑，將她攔腰抱起來，轉了一圈。後面幾個裝乖的小子全部笑叫起來，馬上打回原形。

「親愛的姊姊，起碼我完完整整地回來了，沒有少了哪個部位，任務也順利達成，妳不是應該爲我感到高興嗎？」

「放我下來，現在還是勤務時間，像什麼樣子？」葛芮絲笑罵道，用力推他肩膀。

林諾笑著將他姊姊放下來。

她讓所有人就地解散，姊弟倆漫步走回基地。

「你這趟能休假多久？」她問。

林諾將自己的軍用背包輕鬆地往後一甩，身上依然沾滿征塵。

「我們已經在前線執勤三個月，上頭答應放我們二十八天假，除非臨時有任務被調派回去。妳呢？」

「我們這種辦公桌老鳥，每個週末都是休假。」葛芮絲微微一笑。「你要住在軍營裡，還是回家去？」

她在附近有一間公寓，他們從小長大的家則在離基地二個小時的車程以外。對於家裡住太遠的士兵，基地裡提供了宿舍；林諾因爲時常被調派到外地，並不像葛芮絲一樣租了間公寓。通常他都住在基地裡，除非像這種一、二十天的長假才會回老家住。

他從十五歲開始就過著軍旅生活，缺乏個人空間對他來說已經很習慣了。這一點，他老姊就比他孤僻很多。

「我答應巴格西陪他回家一趟。過去三個月，我們每個人都在聽他嘮叨，回去要怎麼改裝他老爸留下來的那輛老哈雷，聽到每個人耳朵都長繭了。最後雷達不得不威脅他，他嘴巴若是再吐出『哈雷』兩個字，所有人會把他壓在地上，在他頭上灑尿。」林諾搖頭低笑。「我答應回來幫他看看那部老哈雷，他才終於安靜一點。」

「如果我記得沒錯，巴格西是住在費城吧？」她秀緻的眉一挑。

林諾一點都不意外她對於他隊上每個成員的背景瞭若指掌。他懷疑葛芮絲甚至比他自己更瞭解他喜歡什麼顏色、什麼食物，身高體重心跳呼吸次數。

這是葛芮絲照顧她愛的人的方式，在這個世界上，能讓她如此關切的人已寥寥無幾。

他們從小就失去母親，自從父親在他十四歲那年也過世之後，他們是彼此僅存的親人。

「我在他家待兩個星期就會回來，到時候我們找個時間聚聚。我好久沒坐下來和妳聊聊了。」林諾看著相依爲命一起長大的姊姊。

葛芮絲點點頭。

來到營區的交叉口，左邊是行政中心，右邊是軍人宿舍。葛芮絲停了下來，看著她高大昂藏的弟弟。

當年那個在喪禮上抱著她流淚的十四歲小男孩，不知不覺間已經長成一個頂天立地的男人了。

她輕嘆一聲，踮腳親吻弟弟的臉頰一下。

「兩個星期後見。」

林諾白牙一閃，揮揮手，邁著慵懶自信的步伐走向宿舍。

2

「林諾，是我。」

葛芮絲望著窗外迎風搖曳的紫丁香。

她討厭紫丁香。

「我收到你的留言了，我知道你臨時被徵調，提早收假回營了。」她對著話筒重複已經留過許多次的話。「已經一個多月過去，我還沒有接到你報平安的電話，我有點擔心。等你方便的時候打電話給我，我的手機隨時都開著。」

看著在空中的虛擬通訊螢幕一會兒，也沒什麼可說。她嘆了口氣，點一下螢幕左上角，面前的虛擬螢幕立刻消失。

通常，像林諾這種前線執行勤務的戰士都是以三個星期爲一個工作單位，每出勤三個星期就會返回基地休假三天。在連續執勤六個單位之後，就會得到二十八天長假。

林諾這次才回國不到十天，就被臨時徵調回去了，這種狀況雖然不常見，不過也不是沒有發生過。真正讓她忐忑難安的是，林諾每一次一回到基地都會打電話給她，無論他在世界的哪個角落。

然而一個多月過去了，她卻沒有接到任何他報平安的電話。

她唯一接到的，是一個月前他收假回部隊之前留在她答錄機上的留言：「嗨，剛才部隊有事徵召，我得提前收假回去了。抱歉這次來不及跟妳吃飯，等我一有空就打電話給妳，欠妳的那頓飯下次回來再補，Bye。」

葛芮絲無法不在意。

「林諾已經是個大男人了，他知道如何照顧自己。」她不斷提醒自己。

她弟弟不僅僅是個職業軍人，更是個海豹（SEAL）；不僅僅是個海豹，更是「海豹第六隊」成員。

「海豹第六隊」其實是前稱，近三個世紀以來，它換過多個名字：「美國海軍特種作戰部隊」、「全球反恐特戰小組」、「海軍反恐精英部隊」、「海軍反恐特種組織」等等，然而當所有人提及這支神祕的勁旅時，依然習慣以最原始的「海豹第六隊」來稱呼它。

成爲一名海豹已經不容易，成員必須經過最嚴苛的軍事訓練，反恐作戰，以及海豹部隊最惡名昭彰的地獄訓練營。而要成爲海豹第六隊的一員，其所經歷的非人訓練，更讓以上所述猶如野餐一般。

海豹第六隊的主要任務是在全世界進行反恐軍事行動，所有成員皆是精英中的精英，而林諾是其中表現最優秀的成員之一。

他具有海陸空三棲作戰能力、熟練各式現代化槍械及傳統武器；他受過西方搏擊技巧，及東方最古老的武術訓練。野外求生是他的本能，街頭巷戰是他的健身房，獵捕敵人是他的娛樂。

把他丟到一個酷熱無邊的沙漠，只給他一把小刀，三個星期後他依然能毫髮無傷地走出來，頂多瘦了一點——這種事眞的發生過。

反恐是一個高機密的任務。即使是同一單位、不同的小組都不允許互相透露內情，親如家人朋友亦是如此。保密能力是進入這個世界的基本要求，她和林諾同在反恐小組中工作這麼多年，不會不瞭解。

雖然她會盡量讓林諾的小隊在她手下工作，如果遇到他們各自執行不同的任務，他們也不會去聊自己的工作內容，這是兩人多年來的默契。

她不願像隻保護過度的老母雞，動不動就動用人脈去打探林諾的下落，這會給彼此都帶來困擾。

他已經不是那個在母親的葬禮上一臉無措的小娃娃，或是在父親的葬禮上抱著她哭的小男孩。

當初知道他加入海軍，她就做好了心理準備，必須眼睜睜看著他步入險地，執行最艱難的任務，看著他中槍、被刺、被打，看著他在槍林彈雨中殺出一條血路。

她唯一能做的，只是竭盡全力確保他安全地回到她身邊。

葛芮絲不斷不斷不斷地提醒自己：給他空間，不要太緊迫盯人、給他空間，不要太緊迫盯人、給他空間，不要太緊迫盯人……

「……」

去他的！她明天就打給辦公室主任。

她就不相信她問不出林諾的下落！當她有心要找一個人，還沒有找不到的。目前關在某個牢房裡的沙克就是最好的例子。

管他的老母雞不老母雞，一個人的擔心是有極限的，如果上級對她打探林諾的行蹤有意見，他們自己來跟她說吧！她就不信有人敢在這個時候跟她廢話！

她好商量的時候很好商量，被惹毛的時候連上頭的人都不敢惹她。林諾如果不想被隊員笑話，下次就自己記得乖乖打電話給她。

主意既定，葛芮絲心頭輕鬆許多。

她替自己倒了一杯咖啡，看一下冰箱門上的月曆。今天是她休假的最後一天，過完這個週末，她又要回到那個爾虞我詐、機關算盡的生活。

她點一下冰箱門，門片立刻變為透明，裡面的東西幾乎全空了。今天下午最好去添購點雜貨，不然一收了假又沒時間。她每次一忙起來就沒日沒夜，有時一回到家裡只有洗澡和睡覺的力氣。這種以勞心為主的生活，並不比以勞力為主的戰士們輕鬆。

現在想想，她對於什麼購物啦、煮飯啦、處理帳單這種生活小節一直不耐煩，真不曉得以前是怎麼帶大林諾的。

不過他也被她養到堂堂一尊六呎四，她應該算勝任吧？

門鈴響了起來。

她看了一下時間，應該是送雞蛋來的。前兩天她看見冰箱螢幕上的廣告：「農場直送，生鮮雞蛋，每週日配送一次」，一時衝動訂了，現在想想有點後悔。

她不見得隨時都可以回家，如果沒人收的話，難道那些雞蛋要堆在門口嗎？只要想到某一天回到家，門口一堆爛雞蛋在那裡「香聞十里」，她就頭皮發麻。

她放下咖啡杯去應門。

門外並不是送雞蛋的人。

出於職業的敏銳，她沒有立刻開口。

門外的兩個人雖然穿著便服，姿態卻讓她明白一定是官方派來的。

左邊那人一件黃色休閒衫，黑長褲，右邊那人是白襯衫黑長褲，兩人都三十出頭，筆挺的站姿以及隨時處於在警戒狀態的眼神，洩露了他們的身分。

她常年和職業軍人混在一起不是混假的，她自己就是一個。

「葛芮絲．凡德？」左邊的黃色休閒衫對她一笑，露出亮白的牙齒，極具親和力。

右邊的白襯衫面無表情。

「你們是？」她不直接回答。

「我叫羅德斯，這位姓楊。」依然是黃色休閒衫負責說話。「我們知道現在是您的休假時間，我們的長官想和您見個面。聲明在先，這是一個非正式的邀約，您隨時可以拒絕。」

「你們的長官是誰？」她依然神情淡漠。

羅德斯依然笑得親切。「科學部。」

「科學部」三個字，讓葛芮絲眼底一寒。

如果國內有任何部門的人是她永遠不想再打交道的，非科學部莫屬。

「我們知道，您對『科學部』有一些……」羅德斯斟酌一下。「不太正面的觀感。我們保證，這不是公事命令，任何時候您想離開都可以提出來，會談隨時可以中止。」

「會談的主題是什麼？」

「細節我並不明白，還是由長官親自向您解說比較好。」

葛芮絲的第一個念頭是拒絕。但她很清楚，如果科學部要找她，無論現在場面話說得多好聽，他們都有辦法讓她非去不可。「非正式的」不行，那就來個「正式的」，差別在於她識不識抬舉而已。

她的嘴角冷冷一挑，轉身走回屋內。

「我拿個外套。」

★

科學部，一個特殊而神祕的官方機構。

這個國家之所以能成為全世界高科技頂尖之首，科學部的存在功不可沒。

由於氣候極速地變遷，近一百年來人類的死亡率大增，最原始成立科學部的原因就是為了人類的存續。

科學部負責研究大氣、土壤和自然環境，開發人工水源，合成人工食物，以人類的頭腦對抗大自然的反撲。他們的研究和開發，已然成為全世界科學家眼中的聖殿。

然後，他們開始研究人工智慧，太空科學，還有最賺錢的：高精密武器。總之所有跟科學有關的領域，他們都能沾上一點邊。

不只是科學部自身的研究，他們也贊助世界各地「具有展望」的科學實驗。每一年，全球向科學部提出的研究計畫不計其數，一旦審核通過，等於是打開了一座寶窟。因爲所有核可的研究機關，不但可以得到源源不絕的經費，更可以進入許多外人難以一窺的研究資料庫。

國會給科學部的預算幾乎是無上限。它的重要性也讓它成爲獨立於各國家部門以外的一支異軍。

科學部，同時也是葛芮絲最深痛惡絕的一個單位，這是基於以往的個人經驗。偏偏軍方在武器和戰力研發方面與他們習習相關，她只能讓自己盡量避免去接觸跟科學部有關的任務。

結果，還是有人主動找到她身上來。

她坐在黑色的官配磁浮車後座，神色淡淡。

科學部巨大的建築物出現在前方，她的手微微收緊。

以一個盛名如此之巨的機構，多數人會爲它平凡無奇的外觀感到不解，只有鬼才知道那棟建築物裡，正在進行多少極端的實驗。葛芮絲心頭冷笑。

開車的羅德斯直接駛入地下停車場，楊先生坐在駕駛副座，一路上三人都沒有交談。

下了車，羅德斯轉頭對她笑一笑，講兩句「今天交通狀況不錯」等言不及義的話，她從頭到尾只是漠然的神情。

他們直接上到第四十二層，這是科學部最高管理階層的辦公室。羅德斯和楊兩個人都離開了，她一個人靜靜地坐在會客室。

這間會客室佈置得極爲高雅，一組黑色的眞皮沙發居中而放，散發出牛皮的淡淡香味。中間橢圓形的大理石桌上放著兩、三本科學部發行的雜誌。

看見少見的紙本雜誌讓她有些驚異，畢竟，這裡應該是「高科技」的中樞才是，虛擬螢幕閱讀器早已取代了傳統的紙本媒介。

整片落地窗讓高樓美景盡入眼中，各個角落都有闊葉植物和花卉盆栽，讓室內多了一股清新的氛圍。她居中坐在三人座的沙發上，每根神經都進入高度警戒。

她清楚這個看似豪華氣派的會客室，正有無數個隱藏鏡頭對住她，體徵探測儀正在幕後分析她的各項生理反應：心跳，呼吸，血壓，眨眼次數，瞳孔縮放，情緒反應，體表出汗……

她繼續面無表情。她所受的嚴格訓練，連最新一代的測謊儀器都騙得過，這點小事不算什麼。

即使腦海最隱晦深層的角落，焦慮感微微在提升，她也不會展現出來。

她從來不信任科學部。從來不！

「凡德小姐，歡迎來到科學部。」會客室的門轉爲透明，一道身影站在門口，對她展露笑容。

她立刻認出他——維克．杉伯克博士，科學部的首腦。

無論今天的會面是什麼，絕對不會是一件小事，否則出來見她的人不會是科學部的最高領導人。

她的腦中迅速叫出所有跟維克有關的資料。

維克今年五十七歲，外表斯文儒雅，曾經在史丹福大學教過十年的物理學，亦是最年輕的諾貝爾物理獎得主，得獎時只有二十一歲。他外表看起來就像個普通的大學教授，很難想像他統領著全球最高的科學研究機構。

「凡德中尉。」她語氣冷冰冰地糾正。

「凡德中尉。」維克從善如流。

他身後跟著一個亞裔男人，約四十多歲，葛芮絲並不認識那人，不過看起來很眼熟。

「這位是封上校，」維克在她面前坐下來，把手中的加密閱讀器放在大理石桌面，畫面上是她的個人檔案，然後給她一個慈愛的笑容。「他是軍方與科學部的溝通窗口，不過身分是個學者多過於軍人，所以妳或許不認識他。」

於是葛芮絲馬上想起自己爲何會覺得他眼熟。她沒有見過他本人，但讀過他的非官方資料。所有跟科學部有關的人資料都不多，在那短短幾行字裡有一張他的側面照片。

所有軍方和科學部合作研發的專案，都受封上校監督。

所以，科學部最高領導人，與軍方專案最高監督人，今天同時約談她？她嘴角輕輕揚起。這可有趣了。

封上校在她對面的單人沙發坐定，沈穩地開口：

「中尉，我向妳保證，無論我們今天談話的結果如何，妳隨時可以自由離去，今天只是一場非正式的會面，我們之於妳沒有任何強制力。」

「我上一次也是這麼聽說的。」她冷冷一笑。

「上一次？」封上校微微抬眉。

「軍方有過幾次和科學部合作的經驗，請原諒我個人對那些經驗的觀感並不全然是正面的。」葛芮絲的臉色寒涼。

「我明白。」接口的維克嘆了口氣。「很多單位都無法接受科學部的行事風格。你們認為我們愛搞神祕、配合度低、情報總是留一手，有時候連我都不喜歡我們的做事風格。

「然而，科學部有許多機密研究極難讓外界的人瞭解，而這些內容一旦洩露出去，後果不堪設想。請相信我，無論我們的研究內容是什麼，都是以國家和人民的利益為前題。甚至——」他頓了一頓。「是以全人類的利益為重。」

葛芮絲突然笑了起來，清麗無端的容顏燦然如花，兩位男士見了她的笑顏，都不由自主地一怔。

「告訴我，這樣想比較容易嗎？」笑意沒有進到她的眼睛裡。

「什麼？」維克一愣。

「說服自己你們在做的事是為了多數人的利益，這會讓你們在肢解實驗者的身體，或利用不知情的人進行各種祕密實驗時，罪惡感比較輕嗎？」

兩位長官都沒料到她的言辭竟然如此鋒利，一時氣氛有些僵住。

半晌，維克微微往前一傾，感興趣地盯住她。

「葛芮絲……我可以叫妳葛芮絲嗎？」不等她反應，他繼續帶笑說道：「妳是個非常美麗的女人。」

她沒有料到他會把話題轉到這個方向。

「請不要誤會，這是一句很真誠的讚美。」維克點開加密閱讀器裡的檔案。「妳在大學期間曾經當過四年的模特兒，我相信這不是第一次有人稱讚妳的美貌。」

「……我希望今天的主題不是為了稱讚我的美貌。」

維克毫不在意地在她面前翻看她的個人資料。「『維多利亞的祕密』，二十歲就能成為他們的主場模特兒，已經是很多女孩求之不得的夢想，更何況妳只是一個兼職的學生。」

「那只是一份工作，收入很好，可以供給我和我弟弟豐足的生活。」她冷淡得像在談論不相干的人。

「啊，是了，林諾上士是妳的弟弟。妳用模特兒所賺的錢撫養你們姊弟倆，並且負擔妳昂貴的醫學院學費。」維克繼續饒有興趣地翻著她的檔案。「一個女孩從十六歲開始就得養一個小她兩歲的弟弟，想必很辛苦吧？」

「我熬過來了。」

模特兒或許是許多年輕少女夢寐以求的行業，卻不是眼前這個女人的。她的傲氣讓她寧可用頭腦，多過於用身體的本錢謀生。然而，生活磨人。

她是一個生存者。維克想。

在任何艱難的環境裡，她都能用最有效率的方法走出一條活路，她有足夠的智慧支撐這一點。

他需要的，正是一個生存者。

「在醫學院期間，妳副修心理學。」維克笑看身旁的男人。「封，我從來不曉得有人可以邊讀醫學院，邊兼這麼多副業，恐怕連我都做不到呢！」

封上校點了下頭，沒有說話。

維克看回她的臉龐。

她的美麗是無庸置疑的。

她母親是中日混血兒，她父親有四分之一的亞裔血統，四方之三的白人血統。她體內的東方血統多過西方的，結果造就出一張清豔絕倫的臉龐。

她的眉目和髮色都偏向亞裔，只有臉型比亞洲人的顱型更窄長一些，屬於西方人的顱骨，人類學家應該會對她的骨骼形狀非常感興趣。

她杏仁型的眸子閃著巧克力色的光澤，鼻梁挺直，櫻唇柔軟誘人。她的黑髮平時執勤時都是編成髻，此時披散在肩膀上，帶著微微鬈曲的弧度，在陽光照射下不是純黑色，而是濃郁的深栗色。

她的身體勁瘦有力，沒有多餘的體脂肪，胸脯不像西方女人的巨碩，又比東方女性飽滿。

簡而言之，若上帝想創造一個跨越種族的新血統，葛芮絲・凡德會是一個極成功的原型。

她的相貌讓她擁有東西雙方的特色。借助一點妝扮技巧，她可以很輕易地混進任何一方而不引起太大的懷疑。

無論外在或內在，都說明了她是最適合這項任務的人。

「妳父親被譽爲『全世界最聰明的腦袋』，」維克嘆息。「眞希望我有機會能和凡德博士合作，可惜他過世得太早了。身爲全球最頂尖的太空物理學家，科學部沒能網羅到他眞是太可惜了。」

「我父親是個獨行俠，不喜歡替龐大的國家機器工作。」她假假地笑了一下。

「但妳和妳的弟弟卻不是如此，你們兩個人都替國家工作。」維克挑起眉頭。

她不想回答。

她不必對他解釋她的人生。

維克不以爲忤，繼續翻閱她的檔案。

「妳的頭腦必然繼承自令尊。」他印象深刻地指了指螢幕。「上面說妳的智商不亞於令尊，擁有『過目不忘的記憶力』，我想這就是妳讀醫學院之餘，還能兼那麼多差的原因吧？」

維克把檔案往旁邊一放，饒有興味地打量她，像在觀察一件藝術品——或實驗品——她頸後的寒毛全豎了起來。

「葛芮絲，妳所做的每一件事都可以讓妳功成名就。如果妳繼續當一個模特兒，妳有實力變成一個超級名模；如果妳往從醫的路走下去，妳會是一個醫學權威；如果妳選擇當心理醫生，妳早已是這個行業的佼佼者。但是妳最後卻選擇從軍，成爲一個沒沒無名的海軍中尉。

「妳自己跳出來看，不會覺得這個女人令人非常玩味嗎？」

科學部的人不會沒事研究她的一生經歷，他們到底想做什麼？她的手心出汗，防衛機制全面啓動。

「這就是你今天找我來的目的?欣賞我這個神奇的女人?」

維克微微一笑。

「我們打開天窗說亮話。我知道妳加入海軍是為了妳弟弟。妳入營時的心理測試顯示，妳的『愛國心』中等，『同理心』平平，可是妳的『保護本能』高到破表。

「妳父親去世時將弟弟託付給妳，是林諾上士觸發了妳的保護本能吧?

「十六歲的妳完全可以將十四歲的他交給社福機構，沒人會責怪妳，可是妳卻找律師，要求跟國家擁有共同監護權，直到妳十八歲成為他合法的監護人為止。

「妳當模特兒是為了要讓你們兩人不至於拮据度日，妳選擇醫學院是因為這是一份保證高收入的工作，妳棄醫從軍是因為妳的弟弟在十六歲那年突然跑去報名軍校，妳不能讓他一個人在戰場上冒險。

「即使他是個一九三的雄壯戰士，國家訓練出來的殺人機器，在妳心裡他依然是那個需要妳保護的小男孩。」維克嘆了口氣。「但願我也有一個這樣的姊姊。」

他的眼神如此真誠，幾乎讓她相信他的讚美了。

幾乎。

「如果這就是我們今天的主題……很高興認識兩位。」她微微一笑，站起身。

「坐下！」封上校銳利地命令，軍人霸氣盡露。

葛芮絲不能不聽他的，因爲他算是她的上級。

她慢慢坐回原位。

維克拍拍封上校的手臂安撫。

「抱歉，出於我個人的興趣，多花了點時間在這些無關緊要的細節上。妳聽過『黑石計畫』嗎？」

「那是一項爲期二十年的海王星探勘計畫。」她慢慢點頭。

維克等她說下去，可是她說完這句就停了。他們兩個人都明白她的「情報魂」一定知道得更多，維克也不以爲忤，自行接下去。

「近半個世紀以來，太空移民變成一個越來越迫切的需求。科學部與航空部派出去的探測船，發現離我們越遠的行星可能越適宜人居。其中以海王星爲主的探勘船，取回一些岩石樣本。我們在這些樣本中發現了地球所有沒有的金屬元素，將它命名爲『錆』。

「錆元素的延展性極高，甚至比地球上的黃金更高，一公克的錆可以延展至六十七公尺而不斷裂，古人如果能親眼看到錆，才會明白什麼叫『薄如蟬翼』。

「錆在常態下呈現青灰色，非常穩定，沒有任何毒性反應，對了，它另一個特性是：可燃性金屬。」

葛芮絲神色爲之一動。

可燃性金屬很多。

鎂、鈦、鋅是可燃性金屬。

鈾、釷、鈽也是可燃性金屬。

錆屬於前者或是後者，後果大不相同。

維克嘆了口氣。「我想妳明白了。錆元素在常態下無任何放射性和有毒反應，然而，當它燃燒時，輻射線是鈾的四十七倍。在地球上，沒有任何物質在常態和燃燒的差別如此之大。」

所有放射性物質，都是上好的核武原料。她的胸口涼涼的。

維克看向封上校，一部分是向他解說：「上個世紀美國轟炸廣島的那顆原子彈，鈾含量大約有四十五公斤，可是實際上發生分裂作用的只有一公斤，就掃平了方圓五十公里的建築物。錆的分裂效率更高，如果把彈頭改爲錆元素，只需要不到一百公克就可以達到同樣的威力。」

「而且，鐠元素可以在常態下隨身攜帶。」葛芮絲胸口的冷意一路直竄腳底。

「是的，你可以隨便拿一個午餐盒，裝滿一盒鐠，然後放在包包裡攜帶到世界各地，沒有任何放射線偵測儀測得出來。你可以把它壓成一片薄薄的金屬，包裹在任何物體表面，看起來只會像普通的鋁箔紙。」維克嘆息。

「請你告訴我科學部沒有一飯盒的鐠，供人帶到世界的任何一個角落！」葛芮絲的語氣森寒。

「……我們的實驗室遺失了五公斤的鐠。」維克安靜地道。

在場全部陷入沈寂。

雖然封上校事前已經知道大概發生了什麼事，細節展露出來，他依然啞口無言。

「哪個研究員午餐之後就沒有回來了嗎？」她嘲諷地道。

維克深吸了一口氣，決定再丟出另一顆炸彈。

「誰偷走它不是最大的問題，我們已經查出內賊了。問題在，它被偷到哪裡去？」

「我可以給你幾個恐怖組織的據點做爲參考。」她實在無法克制嘲諷的衝動。這些人頂著科學救國救蒼生的名義，其實也不過就是更高明的劊子手。他們坐在吹著空調的實驗室裡捅妻子，卻要像林諾這樣的軍人拿自己的生命去補救。

「恐怕情況不是這麼簡單。」維克憾然看著她。「兩位請隨我來。」

★

科學部共有地上四十二層，地下七層。管理階級是樓層越高越重要，實驗室則是樓層越低越機密。

維克直接領著他們來到地下第七層。

他們來到一間中控室，約十五坪大，左面的水泥牆有一扇門連接隔壁的實驗室。比較特殊的是，那道水泥牆足足有兩呎厚。在中控室這端，佔據半面牆的巨型螢幕監控著隔壁的實驗室。

螢幕上可見，實驗室中央有一台巨大的機器，長得像「電腦斷層」（CT）和「牙科躺椅」的結合體，旁邊連結了許多複雜的機件，將數據傳回中控室這端。

葛芮絲從沒見過這種機器。從外觀來看，應該是實驗者躺在那張躺椅上，整台機器滑過來罩住他們，搞些亂七八糟的東西。

「妳知道歐本博士嗎？」維克看著兩名打量高科技設備的訪客。

「他是沙克個人專屬的『科學部』。」葛芮絲回答。

對於自己被拿來和恐怖份子的科學家相比擬，維克只能苦笑一下。

「歐本是我在史丹福的大學同學。如果不是家庭悲劇讓他投入沙克的陣營，他一定是全世界最偉大的科學家，他的研究足以改變人類的命運。」他語氣沈沈地感懷。

葛芮絲對歐本的背景瞭如指掌。他是伊拉克裔的德國人，自幼在德國長大。某一年德國政府的反恐行動誤殺了他的父母、妻子，和七歲的女兒，歐本於是投向沙克的大本營，誓言向西方世界報復。許多沙克的自殺攻擊型武器或毒氣彈，都出於歐本的手筆。

沙克手中龐大的恐怖活動基金，起碼有一半是用來資助歐本的各項研究。

沙克被捕之後，她看過一些歐本的實驗資料，其中包含許多不人道的人體實驗，通常以盟軍的戰俘或貧窮的村落爲實驗體。

她不能說她對歐本有多深的同情，當一個人從受害者變成加害人，就不再只是同不同情這樣簡單的問題。然而，他確實擁有世界上最聰明的腦袋之一，這一點無庸置疑。

只是近五年來歐本完全銷聲匿跡。

只要人活著，就會有痕跡，連狡猾如蛇的沙克在藏匿期間，她都找得到他的蛛絲馬跡，可是歐本卻像人間蒸發一般。有人懷疑他知道得太多，已經被沙克滅口了。

葛芮絲從一開始的不相信，到最近也不得不考慮，這位連恐怖份子都怕的「死亡博士」可能已經不在人世了。

「這裡是一間蟲洞實驗室。」維克似乎知道葛芮絲什麼都懂，所以對她微微一笑，只是向封上校解說。「在傳統的時間和空間思維裡，從A地到B地最快的距離是直線距離。」

他抽過一張白紙，在兩端各用筆點上一點，標出A與B，然後將AB兩點用一直線連起來。

封上校點了點頭。

「錯。」他把紙張彎曲，讓AB兩點重疊在一起。「如果你能夠折疊空間，讓A點和B點交疊在一起，那麼你從A點跨出一步立刻就來到B點，這才是最短的距離。這種折疊時空的理論就是蟲洞（Wormhole），透過蟲洞，你可以立刻到達宇宙的任何一個角落。

「蟲洞理論是在二十世紀提出來的，在二十三世紀的現代，我們已經有了突破性的發展。」

他帶點自豪地一揮手。「這裡就是我們的蟲洞實驗室。我們已經可以利用人工動力產生蟲洞，縮短旅行的時間與距離。探勘海王星的『總統號太空梭』裡，就配備全世界唯一的一台蟲洞引擎。近二十年來，所有遙遠的星際探勘都是利用蟲洞引擎完成的。以往二十年或三十年才能抵達的星球，我們只需要一年的飛航時間即可抵達。」

「我以為你說當兩地時空重疊時，你可以立刻抵達目的地？」封上校濃眉微蹙。

「我們終究是用人工動力來開啟蟲洞，有能量上的限制。目前我們還無法將海王星、冥王星牽引到一步之外。唯一能做的，是在這段漫長的旅程中，進行數次的蟲洞旅行，我們稱之爲『跳躍』。海王星只在七個跳躍之外，折合地球時間大約是一年。」

「你說的是『時空移轉』，所以理論上，我們也可以利用蟲洞回到過去或未來？」封上校好奇地問。

一直在旁邊聽著的葛芮絲忽爾開口：「不可能回到過去，這會有『悖論』（paradox）的問題。」

封上校看向她。

「想像有一天你發明了一台時光機，於是決定回到四十年前。可是在你回去的那一刻，不小心撞死了還是小孩子的自己。」她解釋。「如果四十年前的你已經被撞死了，就不會有四十年後發明時光機的你。如果四十年後你沒有發明時光機，小孩子的你就不會被撞死，如果你沒被撞死，你就會活到四十歲發明時光機……」

「而發明了時光機，我就會撞死自己，那我就沒有辦法發明時光機。」封上校恍然地點頭。「所以，這是一個沒有辦法解決的矛盾循環。」

「是的，科學上稱這種矛盾循環爲『悖論』，完全無解，所以理論上人類是無法回到過去的。」她點點頭。

「這麼複雜的理論，被妳淺顯的話就解釋清楚了，妳應該去當科學老師啊！」維克笑道：「如果妳決定當一個老師，對我們國家的下一代一定很有幫助。」

她翻個白眼。

在場兩個「大人」對她的沒大沒小也不以爲忤。

「這是歐本之所以偉大的地方。」維克嘆息。「我們的蟲洞實驗一直無法突破我們所處的這個象限，但歐本成功了。」

他取過剛才的那張紙，翻過來在背面畫滿了一條條並排的河流。

他拿起一枝紅色的筆，點了一下其中的一條河流。

「我們一直以爲時間是一條長河，只有過去、現在和未來。但有越來越多的證據顯示，平行時空是存在的。

「傳統的『平行時空』理論以爲，每個時空就像並排的河流，我們只要從A河道跳到B河道，就進入另一個時空了。但這個想法被打破了。」

他在河流上打個大叉叉，重新拿過一張白紙，畫出許多不規則狀的圈圈，從中央往外擴散，彼此不交集。

「著名的科學家霍金博士，針對平行時空提出了新的理論。

「整個宇宙是由一場爆炸形成的，就是所謂的大爆炸理論（Big Bang Theory），爆炸的威力還在持續進行。所有星體依然在往外擴散，終有一天，幾千百億年之後，地球會遠得看不到太陽和月亮。」

維克隨手點了其中一個圈圈。「這是我們的時空。」

封上校若有所思，葛芮絲只是冷冷地接口：

「霍金博士認爲，平行時空確實有可能存在的。只是和科幻電影想像的不同，並不是另一個和我們一模一樣的世界。而是由『大爆炸』炸出很多個不同的『泡泡』，每個泡泡都是一個獨立的時空，同時存在，互不干擾，我們的現實只是其中一個泡泡。

「當然這只是一個理論，目前沒有人知道平行時空是否存在。即使有，在那個時空裡也不會有另一個版本的封上校、維克博士和我。它們有著自己獨立的世界。」

維克慢慢點頭。

「直到我們最近眞的發現了另一個鏡像時空的存在。」

葛芮絲緊盯著他。

維克在他們的現實泡泡旁邊，畫了另一個相連的圈圈。

「『大爆炸』也是一種爆炸，只要是爆炸就會有震波，而震波的作用力會形成反作用力。

「我的科學家發現，我們的時空泡泡，產生了另一個反作用力的泡泡，緊黏著我們，形成了類似鏡像的時空泡泡。

「那個時空和我們並不全然一樣，可是極端近似。從氣候、地理，乃至於人種和歷史的發展軌跡都九成相像，甚至連語言文化都有一定程度的同化。妳可以把它想成是我們『90％的反影』。

「確實那裡並沒有另一個妳和我，但讓我這麼說吧！如果一個美國人現在進入他們等同於紐約的經緯度，經過一些時日的學習，就可以完美無缺地融入他們的社會而不被發覺。」

「你們進去那個時空了——」她慢慢地說。

「我們當然過去了。」維克嘆息。「我們是科學家，這是一個偉大的科學發現，妳怎能要求一位作曲家終於寫出一生的作表作，卻放棄彈奏它呢？」

葛芮思無法掩飾臉上的厭惡。

「那個世界的科技發展也和我們差不多嗎?」封上校只考量將來會不會發生時空戰爭。

「這就是吊詭的地方。」維克在兩個泡泡中間畫了一條斜線。「面對時空跨越,我們的蟲洞引擎無法決定落點,一切都是隨機的。當時空壁被打通之後,我們才發現落點是在他們的一千年前。」

「所以我們回到了隔壁鄰居的一千年前。」葛芮絲不得不想笑。

「更糟。對蟲洞引擎來說,打穿的時空壁變成了一個錨,兩邊的時間從那一刻開始同步,他們過了多久,我們就過了多久。我們目前的科技也只能回到相同的定位點,無法再打開新的窗口。」

所以他們只能回去隔壁的一千年前。

雖然維克的苦臉讓她很幸災樂禍,但她也不得不想:爲什麼他要告訴他們這些?

錆元素,蟲洞,突破時空壁,歐本……

噢,不!

不不不!

維克嘆了口氣。「妳猜到了。」

「你是想告訴我們，歐本也突破了時空壁，帶著錡逃到那個世界去了？」簡直難以置信！

維克點頭。「沙克證實了這一點。」

「你確定沙克說的是實話？」她緊迫盯人。

「我們有一組專家負責『友善地』詢問他，通常很少人在這種情況下還能不說實話。」

「既然各個時空是獨立的，在那裡發生的事對我們不會有影響吧？」她的腦袋亂烘烘的。

「如果只是殺人放火的小事，當然不會。但，我們現在說的是一種巨大的能量。」維克回到那張紙上面。

「你們記得十七年前，澳洲中部曾經發生過一件異象嗎？當地土著聽見空中傳來連環的巨大雷聲，整片天空突然變成腥紅色，飛鳥紛紛墜地死亡。事件維持了六分鐘。六分鐘過去之後，一切恢復平靜，天空變回正常的藍天白雲，所有的事彷彿沒有發生過一樣？」

兩個人都點頭，維克道：「我們相信，當時應該就是隔壁時空發生了劇烈的災難，衝擊波一直震盪到我們的時空來。別忘記我們兩個泡泡緊緊相鄰，只要是過大的能量都有可能衝擊對方，所以歐本才會選擇帶著錆進入隔壁時空。到了那裡，我們抓不到他，他要毀滅兩個時空卻是輕而易舉。」

另一邊還停留在一千年前的科技，根本沒有能力阻止歐本。

歐本早就不想活了，這些年下來，他的性格越發偏執古怪。犯罪心理專家早已警告，他有嚴重的自毀傾向。

他會瘋狂到毀滅兩個世界嗎？

會。

葛芮絲在心裡回答自己。

「他會瘋到想把全世界都毀掉？」封上校不敢置信地問。

「會。」維克嘆息。

「即使他不想毀滅世界，讓他帶著數量這麼多的錆逃到任何地方去都不安全。」她沈沈地道。

五公斤的錆。

在一個瘋狂科學家手中。

這能造成多大的災難！

「是。」維克轉向她。「這就是我們找妳來的原因。」

「慢著，」她荒謬地喊：「這不是你們科學家應該去做的事嗎？跳上那部蟲洞機，跑去追你們的同行？」

「沒有那麼簡單。」封上校終於接過主導權。「科學家只是一群坐辦公桌的小白臉——抱歉。」

「無所謂。」維克擺擺手。

「我們不知道跳躍過去之後會面臨什麼情況，所以一定要選擇有作戰能力的戰士。」

在她能反駁前，維克接著說：「我們從沙克老巢的文件，找到歐本的蟲洞公式。雖然他的研究比我們先進許多，」講到這裡他有些汗顏。「終究也還是有一定的條件限制。例如傳輸過去的必須是有機體，無機質是無法傳送的，而且一次最多只能傳送一百六十公斤。」

「錆是無機質。」她指出。

維克蹙著眉道：「我們發現了兩個方法，第一種是歐本使用的方法：在你的身體周圍形成一個非常貼身的磁場層，這一層以內的空間稱之爲『時空囊』，蟲洞機會偵測『時空囊』內的物質，必須是有機質。

「但這個人如果穿著一件極度輕薄的防護衣，正好和磁場層貼合，蟲洞機會將它視爲磁場的一部分，一起傳送，這算是個可容錯的範圍。

「歐本如果把那五公斤的錆壓製成極薄極薄的薄甲穿在身上，確實是可以一起傳送過去。

「第二種是我們研發出來的方法：用大量的有機質包裹極小量的無機質，這也是在容錯範圍裡。畢竟我們有些戰士以前受過傷，體內可能有鋼釘，我們可不希望把人傳送過去，卻被送不過去的鋼釘切成碎片。只是這個方法有其極限，真的就是應付『體內有鋼釘』的情況而已，無法夾帶更多的無機質，例如五公斤的錆。」

她的頭腦飛快轉動，消化所聽見的資訊。

「因爲有重量限制，一次只能傳送兩個人。我們傾向於找一文一武：一個戰士，和一個戰略專家。」

「不。」

她霎時明瞭了，抬起一隻手，清清楚楚地說出來。

「由於情況不明，這兩個人必須是精英中的精英，受過各種專業訓練：武的要懂自由搏擊，防恐巷戰，野外求生技巧；文的必須是心理專家，具備戰略能力。起碼有一人要有基本的醫療技巧。他們不只要有行動力，還必須有充分的經驗應對一切突發狀況，因爲他們一旦過去之後，就必須靠自己，不會有任何幫手。」

維克繼續道。

「不。」她退後一步。

「我們看過妳的檔案，妳受過上戰場的實務訓練，也參加過數次實際作戰，妳只是選擇心戰系統的文職而已。」封上校看著她。「在所有的候選人之中，妳是我們的第一個選擇。」

「不。」

「誠如一開始說的，這不是一個命令，而是一個請求，因爲我們沒有辦法保證過去的人能安全回來。我們必須先徵求妳的同意，有了妳的同意才會變成一個正式任務，否則我們會繼續找下一個候選人。」

「我的答案是『不』。你們不必送我了，我知道出去的路，謝謝。」她甜美地笑一下，轉身往外走。

「蟲洞跨越平行時空的另一項限制是時間。」維克突然道。

啊！她該死的好奇心！葛芮絲不得不停下來，轉過頭。

維克直直看著她。「科學部和歐本幾乎同時發現相鄰時空的存在，當時我們只能送一個迷你記錄儀過去收集資料，幾乎沒有引起時空震盪，但歐本卻搶先一步找到方法，把自己整個人傳送過去。

「傳送的物體越大，產生的時空震盪越強。在震盪波平息之前，我們是無法再傳送人過去的。」

「所以？」

「歐本的震盪波，平息時間換算下來是五年。」

她心中一動。

歐本已經失蹤五年了……

「你是說，他五年前就帶著錆逃過去了？」

維克慢慢點頭。

難怪！難怪這五年來沒有任何人知道他在哪裡。

科學部現在才開始物色人選，因爲他們已經等了足足五年。

「我們從歐本的筆記裡得知他大概想去的地方，不知爲了什麼，他選擇去那個世界近似我們亞洲的地點。」

「一千年前的亞洲。」她諷刺道。

「更確切說，可能是一千到一千五百年前的中原大陸。抱歉，這個實驗還太新，我們所有的資訊也只靠一台記錄儀幾十個小時的紀錄。恐怕要親身過去的人才能知道明確的狀況。」

「謝謝，我聽起來安心多了！」

「我們的第一個人選已經先傳送過去了。」維克丟出一顆令人意外的炸彈。

她皺眉。「我以爲你說，一旦啓動投射之後，下一次過去就必須再等五年。既然你們已經把人傳送過去，又找我做什麼？」

維克解釋道：「妳把一顆石頭丟進水裡，水面會泛開波浪。可是在石頭和水面接觸的那一瞬間，那個極小極窄的接觸點是穩定的，等石頭繼續往下掉，水波才開始蕩漾開來。」

「那『極小的接觸點』約是一個月左右的緩衝期。也就是說，在一個月之內，我們可以冒險做第二次傳送。對廣闊的宇宙來說，這兩次傳送會被視爲是同一事件，過了這一個月，窗口就關閉了，我們必須再等五年。」

「原來如此。」葛芮絲莊重地點頭。「多謝您的解說，我的答案依然是『不』。」

「想想妳的國家，妳的人民，妳的朋友家人。」封上校低沈地說。

「我相信你們一定能找到完美的人選，讓我的國家、我的人民、我的朋友家人都很安全。」

她轉身走出去。

沒有人攔阻她。

走到電梯前，她按下按鈕。電梯面板有個門禁卡的感應器，她沒有門禁卡，不確定電梯會不會運作。

一隻手突然從她身後伸過來，拿門禁卡在面板上感應一下。電梯門無聲滑開。

她回頭一看，封上校。

上校只是對她比了一個「請進」的手勢，然後跟她一起踏進電梯。

她按下大廳鍵，他沒動靜。

兩人一路無話。

來到一樓大廳，電梯門滑開，她走了出來，封上校也跟著出來。早知道不會這麼容易的，她在心裡冷笑。

葛芮絲直直走向大門，封上校卻是轉向左邊。

兩人各走幾步，她身後突然傳來封上校沈靜的嗓音。

「等林諾回來，請代我向他致意，我相信他一切都會非常順利的。」

葛芮絲停住。

他爲什麼提起林諾？他爲什麼提起林諾？

彷彿一桶冰水當頭淋下，她一時之間全身都僵掉了。

她極緩慢、極緩慢地回頭，迎向封上校深不可測的目光。

「抱歉，你說什麼？」

封上校慢慢走過來，在她面前停住。

「沒有人告訴妳嗎？第一位勇敢接下這份使命的人，是林諾上士。」

3

一枝草，兩枝草，青青翠翠羊兒咬。
一知了，兩知了，攀著樹頭唧唧叫。
天高高，山高高，風吹高高志氣高。

七、八個孩童在道旁的大樹下，口中唱著在邊城一帶耳熟能詳的童謠，一面嬉嬉鬧鬧地跳著石子。

七月盛夏，又是剛過午的天氣，便是慣於頂著烈陽耕作的農人也得進屋子避避暑頭，唯有精力充沛的孩童才有心出來玩耍。

再隔數十里就是誠陽，所有欲進城的行旅都須經過這一條大路。

誠陽是陳國西北邊境的最大城。西北一帶爲高原地形，整片大地荒僻不毛，唯有靠近誠陽一帶人煙才開始密集。一旦踏入誠陽，等於入了陳國西北大門。

頑童們正自嬉鬧著，一騎快騎倏然由遠而近衝了過來，沿路揮鞭吆喝。

「小鬼頭，讓開讓開！快回家！」

頑童們嚇得一哄而散，全躲到路旁的大樹後頭，幾雙好奇的眼睛張望著。

那人一身風塵僕僕的軍服，沿路朗聲大喊：「押解重囚，閒雜人等不得擋道！押解重囚，閒雜人等不得擋道——」

屋內的大人聽說了，紛紛衝出來將自家的孩子揪回家去。幾個家裡沒大人的孩子大著膽子繼續躲在樹後，骨碌碌地往外張望。

「要死了你們這些不長眼的，躲在這兒偷瞧啥子？煞氣啊！煞氣啊！」幾個晚回來的大人見自家孩子躲在樹後頭，連忙揪他們手臂往家裡拖。

官兵聽見動靜，利眼一瞟，所有大人小孩倒抽一口寒氣，咕咚咕咚地衝回家裡。

一進了屋子，家家戶戶的窗簾子或高或低地撩開一條縫偷看。

坐囚車其實一點也不輕鬆，他們陳國的囚車格外刁鑽。

只因這囚車高約五尺，犯人被押進車裡，一顆腦袋鎖在囚籠之上，下方的高度讓人要坐坐不下，要站站不直，只能半跪半蹲地折騰著。據說有些遠程押解的囚犯到了京上，一雙腿子廢掉的都有。

不多時，車輪子滾動的聲響漸漸逼近。一隊官兵押著三輛囚車，從大路上緩緩過去。

個個官兵神情肅殺，身上佩的刀槍劍戟明晃晃的，樹後的孩子們瞧得下巴都掉下來了。

前方數十騎過去之後，接著是三輛囚車，後面再跟著數十騎官兵。三輛囚車上的人犯皆面目骯髒，身上穿著是宋國的軍服。

近來邊境連年征戰，烽火連天，住在這條道上的人早見慣了官兵押解重囚回京，卻沒有見過這等陣仗的。以往便有十幾二十人押解一隊犯人也夠瞧了。

其時天下大亂，四分五裂，其中東方的陳國與西方的宋國勢力相當，土地最廣，西南的趙國與南方的許國國力次之。

位於東南一角的涼國國土最小，勢力最弱，卻是魚米之鄉，產物豐饒。若不是陳、宋、趙、許四國戰火不休，只怕早有人將魔掌伸到這豐足之境來。儘管如此，涼國之內早已人人自危。涼國君主深知，一旦任何一國吞併了另一國，下一步便是往他們涼國直取而來了。

陳宋對於涼國之心，自是不言可喻。然而兩大強國互相制衡，一時之間倒也誰都不得先出手。

眼前押解的這幾個宋國重囚，顯然是陳軍在前線俘擄回來的。

只見第一車的人膚色較白，年近四十；第二車的人膚色黝黑，三十出頭，鬚髮箕張，形貌甚是凶猛；第三車的人卻是讓躲在屋內的人都「噫」了一聲。

只因此人委實碩壯得難以言喻。前兩輛囚車上的人蹲跪得還有些辛苦，這第三囚卻是四平八穩地坐在車板子上，雙肩把囚籠撐得滿滿，眞難想像他若站直了身子會有多高大。

他的頭髮削得極薄，下顎密密地生出一層青灰色鬍碴。瞧他五官高鼻深目，和漢人的相貌並不像，似是個異域之人。

卻不知一個異域之人是怎生捲入這陳宋之戰。

他雖與其他兩人同樣凌亂骯髒，神情卻是氣定神閒，彷彿他只是在靜坐打禪，神色一點都沒有淪爲階下囚的窘迫。

「看什麼？」一名軍士騎到農家前，劈空一鞭，對著簾後探頭探腦的眼睛怒喝：「再看我把犯人放出來，通通吃了你們！」

一聽囚犯會吃人，屋裡的人驚叫了一聲，所有窗板都掩得密密實實了。幾名軍士哈哈大笑，議論著這群無知鄉民。

一隊人馬順利地進入誠陽。城守早已接獲通關的公文，令城內的衙差全數出來幫忙看管這三名重囚，自己也親自迎了出來。

「鍾校尉，雖然朝廷急令，可今兒一早北方開始颳起大風，依著這個態勢，明天必當颳起沙暴，諸位若是在野地裡遇上沙暴，那可危險得緊。爲保萬一，最好是多在誠陽盤桓一日，待到後天再行上路。」

這些兵士常年在邊關打仗，對氣候甚是熟悉，邊關的沙暴他們是都見識過的。一旦沙塵颳起來，滿天狂沙，遮雲蔽日，若是不即時找到躲藏之處，被颳到空中摔死或是活埋都有可能。他們今天趕著進誠陽，也是感覺到風向有變，只怕沙暴隨時都會來。

「也好。」領頭的鍾校尉點頭道。

「城守大人，這些人要關哪兒去呢？關咱們大牢嗎？」這衙役不是什麼有見識的，眼巴巴地來問。

城守一見那三輛囚車上的人，怒從心中起。

「這些宋狗殘殺我軍將士，對他們客氣什麼？將他們關在菜市場口的豬籠裡，明日讓百姓們都來瞧他們的狼狽模樣，潑糞淋尿，辱罵一番！」

「是！」衙役們得令去辦了。

鍾校尉心想，在這種荒野邊城，又是沙暴在即，也不怕有人這種時候來劫囚，便允了。不過同行的軍衛們一樣輪值站崗，守得密不透風。

★

深夜，菜市場口。

邊城的夜格外安靜，居民早早就歇息了，街道上瀰漫著白天留下來的爛菜葉味，家禽家畜的臊臭。

一只沈重的大鐵籠子鎖在菜市場口。

這鐵籠子平時是用來關現宰的豬隻，因此籠子底沾著豬屎，鐵柵上猶有豬毛殘渣，穢臭異常。此時，三個大男人將那只鐵籠擠得密密實實。

一名押囚的軍衛站在不遠處守崗，街上偶有打更的更夫經過，除此之外再無聲息。

鐵籠子裡突然響起一聲長嘆。

「林兄弟，都是我害了你。」鬚髮箕張的那犯人——宋國校尉楊常年頹喪地道。

被他稱爲「林兄弟」的異邦人拍拍他肩膀，手中的鐐銬叮噹作響。

改關到豬籠子其實比坐囚車舒服，不過對這林兄弟可辛苦了。因爲他若坐直，腦袋會擠在頂部，他只好彎腰駝背擠在籠內。

「哼！男子漢馬革裹屍，報效家國，本是應當，林諾兄弟也是條漢子，自當瞭解。」第一輛囚車的宋國側鋒將軍馬志勇沈沈地道。

「話不能這麼說！林兄弟不是咱們宋國人，投入咱陣營只爲了一展抱負，如今陪著咱們一起淪爲階下囚，做兄弟的我不能不愧疚。」楊常年嘆道。

守更的軍衛聽他們在那裡頹喪失志，也不阻止，反而甚感痛快。

「楊大哥不必難過，富貴有命，生死在天。」林諾終於開口。

他說話帶著奇怪的口音，用語也東拉西湊的，不太標準，不過馬楊兩人和他相處數月有餘，已經習慣了。

林諾來到這個時空，已經四個月了。

這四個月來，他做了許多事。

歐本博士曾經投射過幾個非常微小的東西過去，小到不至於在時空壁引起任何震盪，但是那輕微的空間開合已經足以讓他收集到一些基本資料。

我們從他的數據裡知道，那個時空和我們同源性很強，幾乎像另類的鏡像世界。只是它的歷史軌跡跟我們不全然一樣，我們只知道歐本選擇的時空點，大概坐落在一千年前的東方。中文是你的第二母語，即使新舊漢語會有差異，你應該會適應得比其他人更快。

維克博士的解說在他腦中響起。

雖然他從父母那裡承襲到部分的亞裔血統，卻是在西方世界長大，對於亞洲的歷史他並不瞭解。從他知悉要接下這個任務之後，惡補了一下，大約知道一千年前的中原是個亂世。

來到這個時空後，果然也是亂世，只是國家名稱都和他惡補的歷史不同，所以他相信，這個時空的歷史是完全獨立的，只怕他惡補的那些都派不上用場，沒有法子在這裡當個「先知」。

過來之後，他面對的第一個難題是：該如何生存？天地茫茫，要找出一個已經先過來五年的人，談何容易，更何況他身無分文。維克曾說，不久後他們會再傳送一個人過來，可是他們無法確知落地的時間和地點。因此林諾除了尋找歐本之外，還必須想辦法讓後來的同伴找得到他。

思來想去，他決定做一件自己最擅長的事：打仗。

投入軍營，就先解決了生計的問題。從軍打仗讓他隨時處在「移動中」的狀態，易於收集情報。最重要的是，一個沒沒無名的人如果想讓自己短時間內名聞天下，容易被找到，最簡單的方法就是立軍功。

他投射過來的地點接近宋國邊境，正好這裡正在打仗，他馬上報名從軍。

然而，他長得實在不像宋國人，講話又怪腔怪調的，若不是別人聽不懂他的話就是他聽不懂別人的話，因此宋軍雖然收了他，卻將他丟到楊常年的部隊中當個搬運的雜役。

他高頭大馬，力大無窮，搬起貨物來倒也管用。

體格和五官是改變不了的，林諾乾脆把頭髮剃光，以免他略淺的髮色在陽光下引人注目。平時說話時他也盡量不要直視他人，以免淡褐色的眼珠讓人覺得怪異。

相處久了之後，一些小兵丁對於這個相貌古怪的異邦人越看越有趣，開始跟他攀交起來。他們一有空便教他一些方言俚語，他的語言能力終於漸漸進步。

他的第一個立功機會是在三個月以前。

當時楊常年要帶著一小群人馬做例行性的巡邏，他主動請纓，想一起跟去。楊常年本來不想帶著他。這人相貌怪異，言語又亂七八糟，加入他們宋軍也不知是什麼心思。

「楊校尉，我想打仗，做大事。」林諾用當時還不甚會說的漢語說道。

楊常年想起自己貧苦出身，也是靠打仗立了軍功才出頭的，一時心軟，便帶上他了。

這一帶，救了自己一命。

原本是例行巡查，卻遇上埋伏的敵軍。兩路人馬短兵相接，這個讓楊常年沒看在眼裡的異邦人竟然以一柄長刀獨立誅殺了敵軍十七人。須臾間，伏兵全滅，他們自己的人安然無恙。

楊常年大是驚異，之後便將他收在自己的前鋒軍裡。

無論古代現代，戰爭的本質大同小異。

林諾受過自由搏擊訓練及武器訓練。陸戰隊不總是派駐到彈藥充足的地方，於是長短刀棍、匕首、十字弓等傳統武器也是他的長項，野外求生更是基本要求。

三個月下來，無論是他隨軍出戰，或是獨立帶著一隊人馬進行干擾戰，皆每戰必捷。宋軍之中新出的一頭猛虎開始闖出名號來，讓陳軍頭痛不已。

由於林諾的猛悍，楊常年這一路軍逐漸被馬將軍重用。

其實，林諾冷眼旁觀，已經知道這兩人都不是聰明的主。楊常年空有一身武藝，卻是個性愚忠，有勇無謀；而馬將軍則太重個人權位利祿，令人不能信任。幸好他也只是求個一時棲身而已，並不怎麼在意他跟的人行不行。

只是，這個不在意，終究讓他付出代價。

十日前的「碌草之戰」，陳軍的三萬先鋒詐敗，往北逃竄。林諾看他們敗得這麼輕易，總覺有些問題。

「窮寇莫追。」他提醒楊常年。

然而馬將軍急著立功，硬要追上去，楊常年看將軍追了，自己當然沒有不追的道理。

原本他們要林諾負責斷後，林諾不會有事，可是他想著楊常年這傻大個兒雖然不太用腦子，心地卻是挺好，他們並肩作戰了三個多月，終究是有著同袍情誼。

林諾思忖了一下，不忍心楊常年糊裡糊塗死於非命，只好帶了幾百個人追了上去。

他心裡打定主意，趁亂時將楊常年打昏，拖回來也就是了，馬將軍那一路人就看他們自己造化了。

沒想到陳軍的埋伏比他想得更周密，所有人通通沒能逃掉。

當陳軍發現他們不只擄到馬志勇與楊常年兩員大將，更擄獲了近來威名遠播的「宋國新虎」林諾，簡直喜不自勝。消息傳回京城裡，馬上就傳旨將他們押解回京，要拿他們來生祭陳軍亡靈。

林諾絕沒有興趣來不到半年就被人斬首示眾。逃是一定要逃的，只是該怎麼逃，暫時沒有頭緒，只能靜觀其變。

「這麼快就哭哭啼啼？接下來還有得你們受的！」陳國守軍一腳用力踹在鐵籠

上，哈哈大笑。

「你哪隻耳朵聽見老子哭啼了？」楊常年破口大罵。

「哼！你們這些宋狗殺了我朝多少士兵？回到京上，竹筍炒肉絲，琵琶骨穿洞，多的是把戲招呼你們！到時割了你們的腦袋來祭我陳國殉難弟兄！」陳國守軍惡狠狠地道。

楊常年大怒，張口又要罵，林諾抬手止住了他。

「宋國的兵殺了陳國的兵，難道陳國的兵就沒殺過宋國的兵嗎？兩國交戰，各爲其主，又有什麼好說的？」林諾冷冷地道。

守軍被他講得一滯，用力踢鐵籠一腳，不再搭理他們。

天色漸亮，早起的攤販已經出來準備做生意

有個走貨郎經過時，看見他們身上的宋服與狼狽樣，立刻明白了他們的身分。

「宋狗！」那走貨郎吐了口口水，一臉穢氣地走過去。

隨著天色漸亮，來看戲的人也越來越多了。

「殺千刀的！」

「賊廝鳥！」

「宋狗都不是好東西！」

唾罵的人紛紛圍了過來。有人只是指指點點，有人直接丟爛菜葉子、潑髒水，那守軍見他們三人狼狽地困在籠內，受盡羞辱，哪有戰場上的凶橫模樣？不禁哈哈大笑，快意無比。

職業習慣讓林諾不動聲色，暗暗把周圍的一切記在心底。

這個菜市場是一條長街，他們的鐵籠子擺在長街的入口，抵著一道磚土牆而放。

他擠在籠口處，中間是楊常年，最裡面是馬將軍，馬將軍後面就是磚牆。鐵籠的左邊有一堆比人還高的柴堆，所以他們的四面裡有兩面是被擋住的，只有右邊和前方暴露在眾人眼前。

坐在籠口的林諾身上濺到的髒東西最多，他視若無物，只是背靠柴堆的那一面而坐，雙目直視前方。偶爾楊常年受不了想回罵，被林諾腳尖微微一踢，滿肚子火氣只好壓回去。

林諾估量現在約莫早上九點左右，是巳時。整條菜市場兩側已經擺滿了攤子，出來買菜逛街的百姓越來越多。

在豬籠子對面，是個賣女人首飾的年輕小販。他似乎一點都不在意對面就是三個凶神惡煞的關押之處，輕輕鬆鬆吹著口哨，開始招呼過往的婦人。

「欸欸欸，這位大姊，看您皮膚這麼白這麼年輕，這串紅豆珠子最適合您戴了。喂喂喂，這位小姑娘，要不要買條項鍊啊？」

可惜客人頂多只是翻看兩下，注意力若不是被對面的重囚引去，就是嚇得快快躲開，沒人光顧他生意。

首飾小販叫苦連天。「我說，軍爺啊！你這三個凶神惡煞關在這兒，我客人都被嚇跑啦，生意怎麼做？你把他們關進衙門的地牢裡不成麼？」

「多事！再說就把你攤子拆了，讓你做不得生意！」已經換過一班的守軍斥責他。

「凶什麼……不說就不說。」首飾小販縮了縮頭，咕噥道。

他又吆喝了幾聲，還是沒有人買點東西，他索性自個兒哼起小調子來。

林諾的寒毛全豎了起來！

那個小販哼的調子，赫然是〈划船歌〉：Row, row, row your boat, gently down the strem. Merrily, merrily, merrily, merrily, life is but a dream……

他不敢把目光轉過去，只是緊緊聽著他耳熟能詳的兒歌。

那小販哼了一會兒之後，有個四十來歲的大娘挽著菜籃子走過來。

「小李啊，你哼那什麼曲子？聽著挺有趣。」

「這是我最近剛學的。怎樣？王大嫂，給我買串珠子開開市吧！」小李滿眼期待。

「你這紅豆串子多少錢？」

一群小頑童突然跑了過來，猛地看到三個髒兮兮的犯人，「哇」的大叫一聲都停了下來。

「大叔叔，那是殺人犯嗎？」一個小孩童言童語地問值班的守軍。

「何止殺人，他們做的壞事可多了，說出來嚇死你們！」那守軍嚇唬道。

一群小孩子又「哇」的一聲！

林諾滿心都在對面的小販身上，突然冒出這群小鬼頭蓋掉了小販的說話聲，他心裡著急，轉頭故意凶惡地瞪住他們。

「吼——」

小孩子們被他嚇了一大跳，哇哇大叫地跑開。

「我們撿石頭丟他！」一個小孩提議道。

「好好好！」

每個小頑童馬上開始滿地撿起石頭。

「丟他！丟他！」

大大小小的石子登時往籠子招呼過來。

「你們這群臭小鬼！當心老子吃了你們！」楊常年破口大罵。

守軍看了哈哈大笑。

對面的小李苦著臉道：「唉唉唉，你們這些小鬼別在這兒玩了，我客人都被你們趕跑啦！」

守軍一聽，不爽地呵斥小李：「你趕他們走做什麼？這種宋狗活該被婦人小兒羞辱！」

「不是啊，軍爺，你不明白。這些頑童哪管什麼國仇家恨的，他們只是愛湊熱鬧。平時他們就老是在市場裡頑皮鬧事，他們的爹娘也不管管。」小李搖頭長嘆道：「每教好一個孩子，便減少一個敗類呀，軍爺。」

林諾再也忍不住地偏頭看向他。

一個懂〈划船歌〉和雨果名言的小販，天下能有幾人？是他嗎？這小販就是第二個被派來的探員？

林諾看了他一會兒，覺得不像。從小李剛才和客人的閒聊，聽起來像是誠陽土生土長的人，不是外來者，所以不太可能是第二個探員。

可他爲什麼會唱〈划船歌〉？爲什麼知道雨果的名言？

在林諾的生命裡，有個人也很常說這句話，每次遇到別人家的小屁孩，就要把這句名言重複一次……不可能！他搖搖頭。

葛芮絲不是戰士，也不是外勤人員。維克說過，他們需要的是有實務經驗的外勤幹員，不會去找坐辦公桌的葛芮絲才對。

事實上，就爲了不讓葛芮絲阻止他，他特別交代維克一定要等到一個月的窗口關閉之後，再通知他的家人。

這一趟有去無回的可能性很大，爲了保國衛民，他早已做好犧牲的準備。只是，對於唯一的姊姊，他不能不感到歉疚。

如果他回不去，葛芮絲就眞的只剩一個人了。

然而，他非來不可，這是他身爲軍人的使命。

或許，第二個人也正好知道〈划船歌〉和雨果的名言，如此而已。林諾安慰自己。

眼看那幫頑童趕走了，小李終於開開心心地回頭做生意，又哼起第二首曲子來。

林諾再度一震。

雖然小李哼得有些走音，卻分分明明是〈The sound of silence〉，他姊姊最愛的一首老歌。

至此，他心頭再無疑義。

葛芮絲，一定是她！

她怎麼會來到這裡？

林諾心頭迴盪著各種情緒：興奮、擔憂、思念、焦急，最後是罪惡感。

葛芮絲會來當然是爲了他。在她心裡，他永遠是她脆弱無助的弟弟，永遠需要她的照看。

他嘆了口氣，靠回鐵籠上，不期然間踢到一塊乾土。

這是剛才那群頑童丟進籠子裡來的。他看著那塊乾土塊，心中一動，腳尖將那乾土塊踢到他和楊常年的中間，趁守軍不注意時，拾了起來將乾土壓碎。

兩條一長一短的鐵絲露了出來。

「這勞啥子……」楊常年被他腳尖輕踢，剩下的半段話吞回肚子裡。

籠門的鎖在他這一端，然而他們整個暴露在眾人眼中，無論做什麼都會引起注意。他腦袋幾乎不動，眼光慢慢平掃，忽爾看見馬將軍的那一端也有個籠門，只是抵著磚牆。

林諾不動聲色地將兩條鐵絲握在掌心，心中有了計較。

他低聲在楊常年耳邊講了幾句話。楊常年露出詫異的神色，不過還是點了點頭。

「啃，妞兒，瞧妳走起路來那屁股搖兒的！再搖用力些給爺們看！」楊常年放粗了嗓門大吼。

「哎呀你們瞧見沒有，那姑娘皮膚又白又嫩，脫光了一定更銷魂，來來來，走近點，爺們好好給妳品評一下。」

「這大娘奶兒這麼大，捏在手裡一定爽爆！」

路過的姑娘們被他的污言穢語嚇得花容失色，驚叫一聲急急奔逃。

「作死麼？」守軍大喝一聲，重重一腳踢在籠上。

「楊兄弟。」馬將軍低聲喝阻他。

男子漢被俘，一刀砍了頭也不算什麼，卻是不必吃這眼前虧。

「馬將軍，被他們一路關押了這麼久，滿心頭火臊也臊死了！現下終於有娘兒們可以看，當然要好生欣賞。沒想到陳國的娘兒們這般騷啊！」楊常年哈哈大笑。

「嘴巴再不乾不淨，割了你們舌頭！」守軍大怒。

「舌頭割了，可無法告訴你們宋軍的戰備軍情。」林諾嗓音不慍不火，一派鎮定。

楊常年聽了哈哈大笑，更無忌諱，評論起路過的婦道人家極盡露骨，什麼腰啊、腿啊，讓大爺摸兩把啊，騎一兩次爽一爽啊，他本就是市井之徒出身，要論粗口誰能強得過他？有些用語之低俗連林諾聽了都大開眼界。

那守軍氣得要命，偏生這幾個重犯還眞動他們不得！眼見楊常年叫得越來越盡興，他揮手叫來巡邏的衙差：

「去拿張牛皮帳子來！」

須臾間一張帳子拿來了。這牛皮帳又韌又厚，密不透光，守軍命人用帳子罩住鐵籠，只留上方一小條縫透氣，讓他們再也看不到外頭。

「悶死你們這幾個王八蛋！」守軍唾罵道。

「大人，這成不成？」拿來牛皮帳的衙差有些擔憂。「我們邊城的太陽和中原不同，一不小心會曬死人的。」

「不妨事，讓他們受一、兩個時辰活罪。」守軍隔著帳子踢鐵籠一腳。「想吹涼風就乖一點，不然有得你們罪受。」

帳子一圍上，籠子裡立時又熱又悶。馬將軍不悅地低斥：「楊兄弟，你逞這口舌之快做什麼？沒地受活罪！」

「楊大哥，你繼續。」林諾吃力地往裡邊擠。

楊常年改爲大聲斥罵，什麼「有種就掀開帳子」、「這般整人算什麼英雄好漢」，把鐵鍊的聲響蓋過去。外頭的守軍看不見籠內情況，只聽見楊常年一副吃不了苦頭的模樣，登時得意地哈哈大笑。

籠子裡的空間實在有限，林諾勉強和楊常年交換位子，擠到中間來，越過馬將軍的身子開始碰他身旁的籠門和磚牆。

林諾的手指一碰到那堵磚牆立刻發覺，磚牆的泥縫早就被挖鬆了，磚頭只是照樣子擺著而已，只要手指輕輕一推就掉下去。

馬將軍心頭大喜，終於明白他們在幹什麼。這廂他也跟著作戲，提高嗓門假意斥責楊常年。

他們兩人的吵鬧聲蓋過了林諾挑鎖的聲響。

林諾握著兩條鐵絲，探進鎖裡一番撥弄，鎖「喀」的一聲，輕輕彈開。

「大人，咱給這三個犯人送飯來啦！」

牛皮帳外突然響起衙差的通報，林諾等人大吃一驚。此時只要一掀開帳子，他們的動靜就盡露在陳國守軍眼裡。

「餵這種畜牲只是浪費咱們陳國食糧。」那守軍在帳外抱怨道。

「大人，人餓死了，您們可沒法子回京覆命。」送飯的差役道。

「哼！」

林諾聽見腳步聲走近，急促地說一聲：「快罵馬將軍！」

楊常年雖然是他的上級，斷事卻沒有他這般快。一聽他的話，不暇細想，嘴裡嘰哩咕嚕已然大罵起來。

「馬志勇，你這蠢豬！若不是你，咱們怎麼會被抓了起來？」

「你說什麼?」馬將軍大怒回罵。

林諾用腳踢動鐵籠，弄出一堆空空咚咚的聲響。「噯，兩位大哥！都是自己人，這個時候千萬不要打架！」

乒乒砰砰！守軍聽他們三人竟然在籠子裡打起來，趕快過來把牛皮帳子掀開。只見滿頭大汗的三個人纏成一團，馬將軍和楊常年互相揪著領子一副誓不干休的樣子，林諾整副身子橫跨在楊常年腿上，硬擋在兩人之間，三人都狼狽不堪。

「你們看看他們幾隻跳樑小丑，關了才多久就內鬨了！」守軍看了哈哈大笑，一旁所有看見的人全指指點點嘻笑起來。

「我坐中間吧！兩位大哥莫再打了。」林諾吃力地擠到兩人中間來。

「撐死你們幾隻宋狗！」守軍把三顆硬飯團往籠子裡一扔，牛皮帳復又圍上。

三人互望一眼，同時吁了口氣。

「林兄弟，我們摸黑了再逃。」馬將軍低聲問。

林諾搖了搖頭，繼續用鐵絲打開身上的手銬腳鐐。

「待沙暴結束，他們隨時會啓程，到時誰都逃不了，要走就現在走。」沙暴的特點就是來得快，去得也快，他們頂多只有幾個時辰的時間。

他快手快腳把馬楊二人的銬鐐也都除了。

他傾身推動那些磚頭，果然磚頭一塊塊往下掉，一個大洞立刻露出來。馬將軍再不願意也不行了，因爲守軍只要一掀開帳子，馬上會看見這個大洞。

林諾將已經開了鎖的籠門往外一推，三人無聲地從牆洞鑽了出去。

牆的這一側是個破落的院子，被拿來當堆放雜物之處，並無人居住。

牆旁邊整整齊齊放了三疊乾淨衣物，馬將軍和楊常年心中暗暗稱奇。林諾連想都不用想，迅速拿起最大的那件外袍，把身上的宋國軍服換掉。

他那件外袍的衣角用炭筆畫了簡單幾筆，卻是他童年最喜歡的動畫人物，「聖世紀超人」裡面的鷹博士。

許多他這個世代的孩子都看過「聖世紀超人」，但只有一個人知道他最喜歡的不是那個超人，而是鷹博士。

至此，即使他心中再有一絲疑慮也煙消雲散。

葛芮絲。

她眞的來了！

他心頭一暖，一股安心感流過胸臆。

三件袍子底下各放了一條毛巾，觸手猶然濡濕。楊常年心中不禁嘖嘖稱奇，是誰連這般細節都想到了？

三人換好了衣物，用濕巾胡亂抹乾淨手臉，看起來就像尋常百姓一般。

林諾走到大門邊，先打開一條縫，確定外頭的路人沒注意，迅速閃身到大街上，馬楊二人也依序出來。

三人埋頭走了幾條街，閃過一個牆角，來到無人之處，暫時舒了口氣。

「難道是王將軍的人來救我們了？」馬將軍滿心不解。

「林兄弟，接下來呢？」楊常年看著林諾，此時對他是心服口服。

林諾也不確定葛芮絲接下來有什麼安排，她絕不會只是把他們弄到街上來這麼簡單。

「我們先找個地方躲一躲。今日午後會有塵暴，現在逃出城只是送死。」林諾嗓音低沈地道。

「可現在不走，等那班陳狗發現咱們不見了，把所有城門關上，我們更逃不了。」楊常年急道。

馬將軍覺得自己是三人之中最大的，應該站出來主持大局，然而他才剛開了口，突然有個輛馬車骨碌碌地駛過來。

「你們誰是『凡德先生』？」馬車夫停在他們身旁，直接就問。

「我就是。」林諾心頭一動，上前一步。

馬車夫點了點頭。「有人僱了車讓我來接你們，請上車吧！」

「去哪裡？」馬將軍連忙問。

「你們只管上車便是。」中年車夫只是道。

馬將軍對兩人低聲道：「此人是敵是友極是難說，難道他把我們載回官府，我們也上車麼？」

「我是要上車的。」林諾看他一眼，然後自行上了車。言下之意是，不想上車的人請自便。

楊常年看看馬將軍，再看看林諾，抓了抓一頭亂髮，跟著一起上了車。馬將軍無奈，只好也上了車。

馬車繼續骨碌碌往東門駛了過去。

林諾掀起簾子一角往外窺探，不期然間看見城守的車駕從另一條街經過。

不好！他一定是要到菜市場查看人犯，等城守一到，他們逃脫的訊息就會走漏了。

他連忙敲了敲前面的車板。「你要帶我們去的地方還有多久？」

「快了快了。」馬車夫一揚馬鞭，馬兒立時撒開腿奔跑。

他們剛從誠陽的東門出去不久，城裡開始起了喧喧嚷嚷的騷動。馬車夫理也不理，只顧著把車子往山路上趕。

過了一頓飯時分，他們來到半山腰的地方，馬車夫將車子停下來，掀開車板對著他們說：

「好了，就到這裡！」

三人下了車，發現這裡前不搭村，後不著店的。

「你把我們載到這什麼地方來？」楊常年揪著那車夫的衣襟怒喝。

「僱我的人就叫我把你們接來這裡啊！」馬車夫無辜地答。

「誰僱你的車？」楊常年再怒問。

「我也不識得他們。總之有人付了我車錢，我就照做就是了，你這客倌怎地這般不講理？」馬車夫竟然也生氣了。

楊常年氣得就要掄拳揍他。

「楊大哥！」林諾連忙攔住。

馬車夫被楊常年凶神惡煞的模樣嚇住，連忙躲回自己的車座上。

馬將軍向兩人使了個眼色，三人湊近來，他低聲道：「這車夫知道咱們的行蹤。現下雖然還未認出咱們，待犯人走脫的事一鬧開來，他定會向官兵通風報信。」

「他只是個尋常百姓。」林諾聽出他的意思，立刻按住他的肩膀，神色森然。

「成大事者不拘小節，況且他只是個陳國人——」馬將軍低狠地道。

「不許你殺無辜的人！」林諾揪住他的衣領低喝。

他的五官深邃，眉目深陷，本來就是一副嚴厲之相。此時臉上生出怒意，更加凌厲駭人，連馬將軍都一時被他鎮住。

馬將軍心中氣惱，用力揮開他的擋握。

「你想以下犯上麼？」

「我不管宋國陳國，不許你殺無辜百姓！」林諾再重複一次。

楊常年一看情況不對，趕快站到兩人中間打圓場。「好了好了，沒事了……」

他們正自鬧得不可開交，坡道的另一面突然響起馬蹄聲，踢踢躂躂地跑向山頭。他們停下爭執，齊齊望向前方的坡頂。

「來了來了。」馬車夫面露喜色，跳下車迎了出去，渾不知自己方才從死到生走了一圈。

林諾心跳飛快，大步走到路中間，馬楊二人趕忙跟了過來。

葛芮絲！

她終於出現了！

出發之前，他曾經想過回家見她一面。經此一別，沒有人能料到他們是否還能再見。然而，終究是礙於任務的機密，他選擇不回家。

沒想到他們竟然即將在數千年之外的時空重逢！

林諾的胸膛發熱，心中盈滿即將見到親人的喜悅。

三道影子終於出現在坡道頂端，林諾的腳步猛然一頓！

馬車夫開開心心地跑過去，對那三人殷勤地道：

「公子爺，您要我接的人給您接來了。」

來人是三個男子。

林諾的眼睛眨了一眨，再眨一眨，彷彿這樣就可以從三個人之中看出一個女人來。

「多謝。」居中的那名騎士從懷中掏出一只錢囊，遞進馬車夫手中。

馬車夫高高興興地接過來。「『凡德先生』，接你們的人來啦！」

可是，怎麼會……

「那位姑娘呢？」林諾終於忍不住問。

「什麼姑娘？」馬車夫一怔。

「僱你的人就是這三位公子麼？」林諾再問一次。

馬楊二人莫名其妙地看著他。

「是啊。」馬車夫點點頭。「就這三位大爺僱我的車，我可不知什麼姑娘。既然事成，小的先走啦！各位請自便。」

說完，馬車夫跳上自己的座車，往來時之路回去。

難道從頭到尾是他想錯了？來的是另一個探員，爲了取信於他才安排之前的種種暗示？

這沒有道理！沒有人會知道他小時候的事……

林諾打量一下面前的三個男子。

左右那兩人看起來就像尋常的販夫走卒，唯有當中的那個年輕人有點意思。他約莫二十四、五歲，身形瘦長，眉目清朗，一雙眼光華隱隱。

年輕公子直視著林諾，往身後的馬背一指。

「林公子，事不宜遲，請快快上馬。」

「這位兄台，請問高名大姓？」他的用語偶爾會出錯，高姓大名講成了高名大姓。

「在下陸三，此處非久留之地，林公子若還有話，待眾人脫離險境再說。」

誠陽的方向突然傳來陣陣的人叫馬囂，馬將軍臉色一變。

「他們追來了！」

林諾無暇多想，只得翻身上了陸三的馬背，馬楊二人亦與另外兩人同乘一騎。

三匹馬回頭，在山道上撒開了腿飛奔。

「你是誰？爲什麼要救我們？」林諾在陸三的身後說道。

「我救你自然有用意。」陸三頭也不回地道。

林諾突然改用英文說了一句話，陸三一怔：「什麼？」

他聽不懂英文，表示不是維克派來的第二個人，他到底是誰？那個探員又在何處？如果那探員確實是葛芮絲，難道葛芮絲出事了嗎？

林諾心頭一陣焦躁，沒想到事情的發展會與他的預期有所出入。

馬兒往山下跑了一陣，他突然發現不對。他們是從東邊逃出來的，然而從路旁的樹林間隙往外看，他竟然看見了誠陽的北門。

他不動聲色問：「我們要逃往何處？今日午後會有沙暴，若逃往北邊，不是直接衝向沙暴之處？」

「沙暴的事，我們自有盤算，林公子不用擔心。」陸三依然頭也不回。

「『我們』是誰？」

陸三再不回答。

身後官兵追趕的聲響越來越近，三匹馬繼續往前狂奔，一繞過山坳，一隊官兵赫然守在山道口。

三匹馬嘶叫一聲，人立起來，差點將背後的三人摔下馬背。

只是這片刻停頓，身後的追兵也已經殺到。

頃刻間，三騎六人被包夾在中間，無路可逃。

鍾校尉冷笑一聲，慢慢走到路中央。

「你們想逃到哪裡去?犯在我的手中,你們插翅也難飛!」

馬楊兩人臉色如土,林諾還不及決定該如何做,陸三和兩名同伴突然跳下馬,往官兵衝了過去。

「官爺!救命啊!救命啊!這三個凶神惡煞半路攔了我們的馬,搶了我們的刀,要脅我們若不載他們下山,要取我們性命!」陸三惶急大喊。

「官爺救命啊!俺不想死啊!」其中一人跪倒在鍾校尉腳邊呼天搶地。

「你……你……你這賊廝鳥!」楊常年抽出馬鞍內的長刀,指著陸三破口大罵。

馬將軍也抽出一柄長刀,臉色慘然地跳下馬。

「林諾,楊校尉,再被押回去也是不能活了,咱們不如痛痛快快和這些囊包一決生死。」

「好,馬將軍,認識你這麼多年,就你今天說的這番話最痛快!」楊常年刀尖指著眾官兵,豪氣干雲地道。

「還不棄刀投降,當眞要我們放箭麼?」鍾校尉大手一揮,一排弓箭手立時對準他們。

林諾看著陸三，陸三回頭，穩穩和他對視一眼。

林諾深深吸了一口氣——

然後雙手反扣在腦後，慢慢跪下。

「林兄弟，你……你……」楊常年吃驚地叫。

林諾望著那排弓箭手。「楊大哥，英雄不吃眼前虧，只要留條命在就有機會。」

楊常年一愣，終是嘆了口氣，把刀往旁邊一扔。

陳國守軍立時衝了過來，對著三人一陣拳打腳踢，押了回去。

4

砰！砰砰！砰砰！砰！

拳拳到肉的聲響聽得令人牙齦發酸。

林諾一行人的脫逃僅維持了一個時辰即被抓回來。

三人被吊在刑架上，幾名陳軍氣憤地拳打腳踢，三人不多時便鼻青臉腫，胸口小腹大片大地泛腫瘀青。

「好了。」鍾校尉舉起手，幾名打手喘著氣退了開來。

旁邊的火爐裡正在燒著一根烙鐵。鍾校尉心想，若不是歸途猶長，須得留他們一條小命覆命，否則真想把刑房裡的每樣玩意兒都往他們身上招呼。

他在三個鼻青臉腫的人犯面前來回走動，最後停在林諾身前。

「現在你們還敢逃嗎？」

林諾兩手被高吊在刑架上，依然低低地笑了起來。

「你笑什麼?」鍾校尉怒道。

「如果是你,你不逃嗎?」林諾眨著一隻紅腫的左眼,彷彿他說了什麼天大的笑話一般。

鍾校尉一時語塞。

他雖然氣,心裡也不禁佩服他的勇悍,竟然被人掛到刑架上了還如此剛硬不屈。

城守大人走上前,將鍾校尉拉到一旁。

「校尉,這幾個人犯不知是怎地脫逃,將來一定會再試。此去京中路途遙遠,未免夜長夢多,依本官之見,不如遣一匹快騎回去稟報,這三犯就在誠陽速審速決了吧?」

「世子想親審這三人,非押回去不可,況且,也沒有被他們逃了一次就怕了的。」

城守一聽是世子想親審,不敢再多說,只道:

「既然如此,今夜不可再冒險,把他們關押到地牢去。誠陽衙門的地牢直接挖地而鑿,整座地牢都是堅固無比的崗石,一進了地牢,無窗無格,只有一個出入口，任何人都插翅難飛。尋常人犯關押在第一層便足夠了，地下二層更是罕有使用，萬分嚴密。今晚將這三個重犯關押在那裡，再穩妥不過。」

「如此便依大人之見吧！」鍾校尉點了點頭。

爲了看這三人出糗，將他們放在菜市場口，現在想想，他也覺得有些大意了。

幾名打手立時將三人解下來，拖往地牢而去。

第一層的地牢已經關押了一些囚犯，看他們三人鼻青臉腫地被拖過去，俱是敲撼牢門，鼓譟起來。

「作死麼？」

衙役拿著木棍用力打在木頭柵門上，眾人犯才安靜下來。

一了第二層，氣味更悶濕難聞，一股霉臭猶如一張濃重的毯子蓋在頭臉上，令人喘不過氣來。

衙役手中的火把是唯一的光線。三人一路被拖到最裡面的那間，衙役打開門鎖，將他們扔了進去。

鍾校尉看看環境，確定除了他們下來的梯道再無其他出口，滿意地冷笑一聲。「我倒要看看你們還能逃到哪裡去！」語畢回頭離去。

極端的黑暗與寂靜裡，三人坐在地上粗重地喘息。

林諾摸索一下地面。陳年稻梗早已腐爛發霉，空氣中全是陰濕的腐臭味。他背靠著粗礪的石牆而坐，石牆冷冰冰的，似是在滲水。尋常人在如此囚牢中，便是住上三五天也要冷出病來，更難想像此時外頭正是七月盛夏。

他閉上眼吐息，右手在身上摸索一番，檢查傷勢。感覺起來都是皮肉傷，雖然疼痛，不至於有大礙。

他聽見鍾校尉說的，陳國世子要親審他們，所以這幫人一時倒也不敢太折騰他們，免得人死在半路上。

「呸！關在市場口倒比關在這勞啥子地牢好。」馬將軍吐出口中的血腥味。

「話不能這麼說……」楊常年想幫林諾說話。

馬將軍心頭不爽，哪裡管他？罵罵咧咧了好一會兒。

林諾只是從頭到尾沈靜地坐著不理會他。終於，馬將軍罵得也累了，三人同時陷入沈默之中。

又過了一會兒，馬將軍嗓子有些乾啞地道：「不妨，等上路之後，王將軍一定會涉法營救……」

「噤聲。」林諾突然低語。

「怎麼？」即使在黑暗中，彼此坐在身旁也互相看不到，楊常年的頭依然轉向他的方位。

林諾食指放在唇邊輕噓一聲。

「你們聽到水流的聲音了嗎？」

「這種鳥籠子終年不見天日，又陰又濕，有水氣是正常之事。」馬將軍不悅道。

「不是水滴，你們再聽。」林諾張開眼睛。

伸手不見五指的漆黑反而強化了其他感官，他確定自己聽見了很細微的水流聲。

他站了起來，手指開始摸索整間囚房。

邊關地帶皆爲礫岩地形，整座誠陽城可以說是蓋在一大片岩地上。他一路摸過去，只摸到斧頭開鑿出來的痕跡，沒有任何磚砌縫隙。

那麼，水流聲是從何而來？

馬楊二人一聽，不由得也開始摸索起自己身邊的位置。

林諾肋骨的傷處隱隱作痛，他依循多年的訓練直接忽略它，繼續趴在地上摸索。

「這裡。」

在最中央的地面，有一小塊的觸感和旁邊不太一樣。他們沒有火摺子，他只能全憑觸感，摸起來像是一個三尺餘寬的凹陷。

「什麼、什麼？我看看。」楊常年連忙湊過來。

林諾制止他，繼續探索這塊地面。這塊似方似圓的地面比四周略低一些，感覺起來似乎是有人想挖個洞卻挖不深。他側耳傾聽，細微的水流聲就是從這塊地面下傳出來。

他還來不及說什麼，指尖下的地面突然動了一下。

林諾立刻退開來，馬楊二人連忙跟著站起來。

窸窸窣窣的聲音響起，那塊圓形地面突然往下一陷，三人眼前登時一亮。

一支火把從地底冒了出來。

「林公子和兩位軍爺無恙吧？請隨我下來。」陸三帶笑的臉從地洞中探了出來。

★

馬楊二人跟在林諾的身後爬下地道裡，一時猶如在夢中，依然不太敢相信這個事實。

原來林諾摸到的不是有人挖洞挖不成，而是有人挖了洞再從下方用一塊岩石回堵起來。

下方的地道極爲狹窄，顯見是倉促挖成。馬楊二人身周還有點餘裕，林諾就眞的要吸著氣往前擠。楊常年最後一個爬進地道，依著陸三的交代回頭再度將那個洞口堵實。

地道只容他們四肢著地而行，陸三在最前面舉著一根火把引路，林諾次之。爬了百來尺，地勢一路向下，空氣中的水氣越來越重，流水聲也越來越清晰。

終於，地道已盡，他們一一跳了下來，卻發現這是一處天然的地底石洞，他們的左手邊是地底河道流，所立之處是一小塊平台。

他們身旁的暗流洶湧異常，如一條竄動的黑色緞帶，整個地洞裡都是暗流激烈的水流聲，掉下去也不知會被沖到哪裡。

楊常年腳上有傷，一跳到地洞裡便站不起來，林諾立刻回身將他扶起。

『Lenox!』

林諾全身一震。

這把熟悉的嗓音聽在他耳中，有如天籟。

他飛快轉過身，一抹玲瓏婀娜的纖影從岩壁轉角走了出來，將臉上的紗巾扯低，笑意盈盈地望著他。

葛芮絲！

『Grace!』他衝過去緊緊抱住她。

旁邊三個男人俱是一愣。其時社會風氣保守，男女之防甚嚴，即使親如父母家人也不會如此公然相擁。

只見這姑娘身穿一件淡黃色的衫子，手腳處以白緞束住，帽緣帶紗，是邊城婦女常見的裝束，以防風沙。

林諾與她低聲用一些他們聽不懂的言語交談，笑容顯得歡快之極。

『I knew it must be you.』（我就知道一定是妳。）

『I am sorry. I had to make you suffer. This is the only way.』（抱歉，害你受苦了，這是唯一的方法。）葛芮絲仰頭跟弟弟說。

『It's all right.』（沒關係。）

林諾緊緊再擁抱她一下，將她放下來，帶到眾人面前。

楊常年見她肌理白膩，膚光晶瑩，身段婀娜，尤其一雙眼燦亮靈動，說不出的動人，竟是一位極美的姑娘。

他一年到頭打仗，營裡都是男子漢，哪裡接近過這般嬌嫩動人的姑娘？一張臉登時紅了。

「馬將軍，楊大哥，這位是我姊姊——」林諾一頓，他不曉得葛芮絲在這裡用什麼名字。

「凌葛。」葛芮絲主動報上姓名。

她剛來的時候想，林諾以前在亞洲出任務時曾用過一個假名「凌納」，這次應該也一樣，所以她也選了同一個姓氏，再以「葛芮絲」的第一個字當名字。沒想到這傢伙這次竟然用「林諾」，倒變成親姊弟卻不同姓了，不過這番小節兩人也不在意。

馬將軍恍然大悟。林諾一直在問一個姑娘，原來眞有一個姑娘。

「那些守衛不知何時會到地牢查看，事不宜遲，我們先上路爲宜。」陸三從凌葛剛才繞出來的地方拉了一艘藏得極好的小船。

「你這陸小子哪！老子本來想，將來若還有命在，一定要把你搜出來，把那顆腦袋給扭下來。」楊常年嘆道。

陸三微微一笑，先跳上船。

眾人見他年齡雖輕，卻是行事穩重，不急不躁，心裡都暗暗驚訝。

五人一一上了船，陸三負責掌舵，林諾姊弟一排，馬楊二人一排，相對而坐。小舟在湍急的水流中飛快前行。

「讓我看看你的傷。」凌葛將火把在舟邊固定好，伸手摸他胸口的傷處。

「我沒事。」林諾舉手微擋。

凌葛突然在某個地方一按。

「啊！」林諾馬上叫了出來。

「在我面前逞強什麼？」她沒好氣地道。

林諾知道他老姊的母雞天性又發作了，如果不讓她好好檢查一番，她是不會放過他的，只好乖乖解開衣襟。

「這兩根肋骨斷了。」凌葛的手在他胸前按壓一陣後說：「別動，我幫你復位。」

她讓他正對著她，兩手扣住他肋骨兩側，擺了個角度使勁一扳，「喀嗒」一聲，林諾立刻覺得胸口的悶痛減輕了。

馬楊二人不料她一個年輕姑娘，接續斷骨的手勢竟如此熟練，大感驚奇。

「林兄弟，我瞧這姑娘還比你小著好幾歲，怎麼竟是你姊姊啊？」楊常年吶吶道。

「是我先老起來等。」林諾對他一笑。

凌葛從腳邊摸出一個包袱，自內抽出一條長長的白練，將林諾的胸膛緊緊裹住，固定他的肋骨，再摸出一只白色瓷瓶來。

「這是我路上買的傷藥，挺好用的，你胸口的瘀腫得推一推。」她竟事事都準備齊全了。

「我自己推，妳幫馬將軍、楊大哥也看看。」林諾自己接過瓷瓶。

葛芮絲本來就不愛交際，除了對他以外，對所有人都冷冷淡淡的。如果他不主動提，她也不會主動去看另外兩個人。

他稱馬志勇爲「將軍」，稱楊常年爲「大哥」，其中的生疏已經分了出來。凌葛自然注意到了，先轉向楊常年。

她身上的淡淡馨香鑽入楊常年鼻端，他老臉一紅，趕忙拉緊自己的衣襟，一副抵死不從的樣子。

「那個，那個……呃……」他本來想講男女授受不親，可人家是好心要看他的傷，又不是要吃他豆腐。

凌葛看他抓耳撓腮的樣子，覺得這粗魯漢子倒老實得可愛。

「楊大哥，雖然我醫術不精，瞧些跌打損傷的皮肉功夫還是可以。我弟弟承你照顧多時，我幫你敷治一下傷處也是應該的。」她笑道。

人家姑娘已經講得這般大方，他再扭捏下去反倒不成樣了。楊常年咧嘴一笑，索性放開了性子。

「陸公子，你怎麼正好在這地底暗道裡等著我們？」待兩人的傷處都包紮妥當，馬將軍回首對身後的陸三問道。

從頭到尾陸三只是在船尾掌舵，看著眾人，不發一語。

「這一切都是凌姑娘的盤算，在下只是聽命行事而已。」陸三靜靜回道。

所有人的眼光都落回她身上。林諾對她白牙一閃，已經很習慣她神出鬼沒的手法。

凌葛嘆了口氣，輕撫弟弟肩頭。

「過去三個月我一直在找你。」古代沒有電話沒有網路，資訊流通緩慢，實在很麻煩。她只能憑著對林諾的瞭解，猜想他一定會選擇軍旅生活，於是她專往有軍營的地方去。「等我聽到『宋國新虎』的傳說，已經是我過來之後一個月的事。我一聽就知道這個異域之人是你的可能性很大。」

她傳送過來的地點是許國，林諾卻是在宋國北疆，隔了大半片中原，於是她又花了近兩個月往北走。

「就在我即將抵達邊界之際，卻聽到『宋國新虎』被俘的消息，我心裡有多焦急就完全不必說了。」

林諾歉然地緊了緊她的肩膀。

「我知道陳軍從關外押囚入京，必然會經過誠陽。正好青雲幫在附近頗有些營生，陸三對這一帶的地底暗流很是熟悉，所以才有了這一番計較。」凌葛道。

青雲幫？這又是什麼組織？林諾劍眉一蹙，看她一眼。

他們三人都不是江湖人士，對武林幫派不熟，不過既有一個「青雲幫」，又有「地底暗流」，又有「營生」，想來也知不是什麼正經勾當，三人都頗有默契地不多詢問。

「所以妳就找人挖洞了？」林諾用輕鬆的口吻道。

「可不是嗎？我們在這些暗無天日的地底河道裡待了好幾天，最後才找到這個最接近地牢的地點。我計算了一下岩石的厚度，地牢的具體位置，最後花了四天的時間讓陸三的手下鑿了一條通道，直達地牢，卻不成想那個無聊至極的鍾校尉把你們關在菜市場口。」

再如何縝密的計畫都會有變數，所以凌葛永遠有備用計畫，連她的備用計畫都有備用計畫。

「我知道幕後的人必然是妳，我只是得弄清楚妳想要我如何配合妳。」林諾笑道。

楊常年眼睛在姊弟倆的臉上轉來轉去，腦子突然靈光起來。

「啊！啊！原來都是妳！是妳讓我們給抓回來的！」他指著凌葛大叫。

馬將軍倏然領悟。

她的地道是掘在地牢裡，城守卻是將他們關在人來人往的菜市場口，這廂該怎麼做呢？

除了林諾和陸三早就心知肚明以外，馬楊兩人簡直呆了。

菜市場口的諸般動靜。頑童的石塊。開鎖的工具。接應的馬車。山道上的接頭。乃至於遇到追兵，陸三的背叛。

原來，這一切，不是爲了助他們逃跑，而是爲了讓他們再被抓回來！

「只有被抓回去了，鍾校尉才不敢再大意，將你們關進最深最黑的地牢裡，他若把你們關在第一層還有麻煩呢！」雖然她也做好了如果他們被關在第一層的備用算計，幸好這算計用不到。

「我也想，就算我們當時跑了，半路上遇到沙暴也是死路一條。」林諾點點頭。

所以，讓他們關回地牢裡，再從地底暗道救走，地面上再強的沙暴也不是問題。

「難怪在山頭上林兄弟一點都不反抗，我就想著林兄弟怎麼忽好了呢？原來是爲了如此。」楊常年用力一拍大腿。

林諾低沈一笑。這不只是他們手足之間的信任感，更是共事多年的默契。她若要他被抓回來，他就被抓回來。

他對老姊愉快地一笑，被她賞了個白眼。

這個死老弟只會給她找麻煩，從不讓人省心。

「誠陽城裡幫我們的那些小販、頑童和車夫，也都是你們的人嗎？」林諾忽然問。

城守和鍾校尉一定會將菜市場口的人一個個盤問，直至問到對的人爲止。如果那些人只是平民百姓，只怕會無端受累。

「如果我說他們有危險，你會調頭回去救他們嗎？」凌葛道。

「會。」林諾毫不猶豫地回答。

凌葛氣結。不過她早知他是這種個性了。

林諾和她最大的不同，就是他的世界黑白分明。在他的道德觀裡沒有模糊地帶，一個軍人的使命是保護國家與平民百姓，所以，如果救出最後一個百姓會讓他犧牲生命，他也會毫不猶豫去做。

她就不一樣了。她的世界裡有許多灰色地帶，一切只是比例原則。

如果犧牲十個無辜的人可以救下一整座城市，那麼她會毫不猶豫的犧牲這十個無辜的人。

總體利益有時必須以少數人的犧牲來成全，她充分接受這個事實，也不會因此而失眠。

不過，她知道林諾固執起來有多牛脾氣，她可不想在這種時候和他拗。

「市場裡的人是尋常百姓無誤。不過他們都是拿錢辦事，彼此互相不認識。我事先讓一個人去教小販唱歌，另一個人去僱馬車，另一個人聯繫頑童，再一個人去挖豬籠後的磚牆。他們每個人只知道自己負責的部分，並不知道其他人的存在，也不曉得這些事的目的。

「鍾校尉就算找上他們，也只問到幾個無辜百姓而已。有人來教你唱歌有什麼罪呢？有人說磚牆不穩，讓你先挖空幾塊磚，將來要重砌也不是什麼問題。這些人即使在鍾校尉面前也是如實照述而已。就算他和城守有本事把一切兜起來，那時候我們已經不知逃多遠去了。」

馬將軍未想到她一介女流，竟然每個細節都顧量到了。如此驚人的心計，將來若和林諾一起投入他麾下，他何愁無人可用？

其他人不知道他在想他的前途，兀自談談說說。楊常年放開男女之見後，便健談了起來。

小舟在暗流中飛快前進，中間有好多條岔道，也不知陸三怎樣認的路，時而左拐時而右彎，熟練異常。

整條暗流中僅有小舟上的火把光源，馬將軍看著四周，心中存疑。

「姑娘說你們挖了四天就挖穿了，然而邊境一帶的岩石極爲堅硬，我們僅是在軍營挖個地窖就花了三十日，姑娘和陸兄弟何以只用四天就能開出一條甬道？」

「每種岩石的硬度係數不同。這裡的石頭外表脆硬，中心密度比較低，所以我只要計算出適當的施力點，破壞岩石的表面結構，要把它挖穿一點也不難。」她淡淡地道。

什麼係數，結構，施力點的，馬楊二人聽得嘴巴開開。

『They won't understand.』（他們聽不懂的。）林諾笑道。

『Well, they asked.』（他們自己問的啊！）

林諾改坐到船底，背靠著船壁，輕輕舒了口氣。

他的視線轉到一直默不作聲的陸三身上，忽爾問：『How did you meet him?』（妳是怎麼認識他的？）

『It's a long story. I'll tell you later.』（過程很長，晚點再告訴你。）

『Can we trust him?』（我們能信任他嗎？）

『I don't trust anyone but you.』（除了你，我誰都不信。）凌葛冷冷地道。

林諾點點頭。果然是很葛芮絲的答案。

「林兄弟，你們說的話嘰哩咕嚕的，我聽都聽不懂，你們是哪裡人？」楊常年好奇地問。

陸三的眼光瞟了過來，顯然對這個問題有興趣。

「我們住的地方很遠，一年半載也到不了，家鄉土話外人不太常聽見。」林諾只是一笑。

凌葛的漢語學得比他好，雖然一些用語依然和本地人不太一樣。

一行人在湍流上航行許久，偶爾他們會經過較寬的河道，多數時候都是狹窄的暗流。中途凌葛拿出事先準備的食水，眾人在船上草草解決了。

馬楊兩人看慣了天寬地闊的沙場，第一次在這種黑漆漆的地方待這般久，漸漸地氣悶起來，有時竟會有生出一輩子都出不去的恐懼感。

又過了許久許久，起碼有四、五個時辰，前方突然出現一個寬寬的石岸，有些像他們之前上船的地方，陸三把小船往岸邊一靠，終於要下船了。

馬楊兩人同時吁了口氣。林諾扶起姊姊，讓她先跳上岸去。

眾人上了岸，見岩壁間有一條陡隙的石梯往上而去。

「要離開這勞啥子鬼地方了麼？」楊常年興高彩烈地道。

陸三在前，凌葛和林諾等人尾隨在後。當陽光重新照耀在每個人身上，眾人心中同時浮起「恍如隔世」四字。

林諾辨認了一下方位。

他們應該依然在陳國境內，然而此處林木蒼翠，花葉扶疏，一派清新氣象，起碼距離邊境五百里之遙了。

他們的出口是一座山腳下的大石縫，用斷木與石塊擋著。陸三重新周圍的草木土石復位，外觀上看起來就像個尋常的山壁，完全看不出來其後另有洞天。

凌葛轉身對陸三道：「請代我謝過幫主，就說你已幫我找到弟弟，他之前欠的人情便算一筆勾銷，以後我們兩不相欠。你安心地回去覆命吧！」

陸三微微張口似乎有話要說，最終，只是看了看她，再看看林諾，點了下頭，轉身往旁邊的樹林一鑽，消失得不見人影。

「這人倒是乖覺，一路上默默辦事，要走也不會趁機討個巧。」楊常年喃喃道。

林諾的眉心卻是微微蹙起，深思地注視著陸三離去的方向。

「既然大家已經脫險，林諾與我另有要事待辦，就此與諸位別過。」凌葛又說。

馬楊與陸三俱是一怔。

「林兄弟，怎麼？你不跟我們回去打仗麼？」楊常年依依不捨地拉住他。

「是啊，林兄弟，凌姑娘，宋陳兩國戰事吃緊，正是用人恐急之時。本將若是有兩位相助，可謂如虎添翼。兩位何不隨我一起回營，此後一定奉如上賓。」馬將軍趁機網羅人才。

凌葛不說話，林諾卻是搖了搖頭。

「馬將軍，我入軍營原本就是爲了闖出名號，讓我姊姊易於尋我。如今我們還有重要的事待辦，請原諒小弟無法再回去了。」

楊常年垮下臉來。

「林兄弟，你有什麼事，我們一起回去，我派一支人馬給你，你辦完之後再回來便是。」馬將軍猶不想輕言放棄。

林諾再搖搖頭，看了看楊常年。「楊大哥，我私下和你說兩句話可好？」

「噢，好。」

馬將軍沈下臉來見，見兩人走到一旁去。

「楊大哥，我知道你忠心耿耿，一心爲國，可是馬將軍……」林諾低聲道，蹙了蹙眉。「他的性格太重功利，楊大哥卻是老實人，兩人處久了只怕會生出嫌隙。我雖然與北境的羅將軍不熟，但素聞他賞罰分明，治軍公道，楊大哥不如改投他的旗下，才是出路。」

楊常年搔搔腦袋，露出一臉爲難之色。「林兄弟，你說的這些我不是不懂，只是我帶的那班兵都在馬將軍旗下，你要我丟下他們不管，我做不到。」

楊常年今年三十歲，羅漢腳一個，他帶的兵就是他的家人，也就是因爲他重情義，林諾才會選擇留在他的手下做事。

無論如何，他盡力了。林諾淺嘆一聲，拍拍楊常年肩膀。

「那我走了，楊大哥，你要好好照顧自己。」

雖然只同軍數月，楊常年已知道林諾的脾氣。他若打定主意要走，別人再留也留不住，所以沒有再多費口舌。

「好，你有空來找哥哥喝酒。」楊常年不捨地道。

馬將軍免不了再三挽留，林諾只是推辭，凌葛在一旁沒說什麼。

最後，四人終於相互道別，馬楊二人向北，姊弟二人往南。

他們來到這世界的第一段歷程，就此結束。

★

凌葛林諾走了一個多時辰，來到一個小村子裡，先到村裡唯一的一家飯館投宿。

凌葛請小二幫他們買兩套乾淨的衣服。兩人洗漱過後，換上乾淨衣物，總算感覺像個人了。

林諾叫了幾樣菜在凌葛的房中吃晚飯。

『妳哪來的這麼多錢？』只有他們兩人的時候，他習慣性地說英文。

『賺的。』凌葛回得理所當然。

很多人以爲她的醫療技術是來自於她的醫學院背景，雖然醫學院有幫助，不過更管用的是軍方的野戰醫療訓練營。

這種訓練營與傳統醫學院不同，是教你如何從周圍有限的資源去治療戰地裡的傷兵病患，她所有的實務技術都來自於這六個星期的密集訓練。

在到這個物資缺乏的年代，正好派上用場。

『我過來不久就遇到第一個病人——一個從樹上摔下來的小男孩。他的腳摔成複雜性骨折，這個年代還沒有外科手術，大夫只能用包紮的方法盡量把斷骨復位，可是還有一部分的骨頭根本推不回去。等我接手他這個case時，傷口已經開始壞死了。

『當時所有大夫都認爲只有截肢一途，孩子的娘哭天搶地的，死活都不肯讓孩子的腳被割掉。我看見他們貼在門口的求醫告示，心想瞎貓碰見死耗子，就進去毛遂自薦了。』

『在這裡動手術？麻醉藥和抗生素的部分妳怎麼解決？』林諾難以置信地揚起

眉毛。

她嫣然一笑。『這就是接別人爛攤子的好處。我一進去就擺明了死馬當活馬醫，所以如果眞的醫壞了也不能怪我，他的父母同意了。

『我要求其中一個老大夫做我的助手，把我的需求描述給他聽：麻醉、消炎、術後藥物等部分。那位費大夫其實醫術不差，簡直是一部當代草藥百科全書。

『他和我一起進行手術，利用針灸和麻沸草幫我麻醉病人，我負責做傷口清創，把斷骨接回去，手術基本上還算順利，小孩子的復原力又強。

『在病人復原期間，我和費大夫教學相長。他教我草藥知識與針灸，我教他基本的外科手術，一直住到這個孩子的病情穩定下來才離開。』

『然後妳就向他父母敲了一大筆錢？』林諾笑了起來。

『不。』出乎意外，她竟然搖頭。『賺錢是後來上路之後，我邊做密醫邊賺的。我只向他的父母討了一樣東西。』

『什麼？』林諾蹙起深濃的眉。

『一個人情。』她挑了下眉。『原來這小屁孩是青雲幫主的獨生子。我不曉得青雲幫是什麼，不過看他們混得很開的樣子，我跟幫主說，我正在找失散的弟弟，途中有任何需要我會向他的分舵求助，直到我找到弟弟爲止，到時候我們就兩不相欠。幫主同意了，派了陸三跟我一起北上。』

『這就是妳臨別之前託陸三帶回去的話，妳已經找到我了。』林諾恍然大悟。

凌葛點頭喝茶。錢算什麼？錢能解決的都是小事，她需要的是錢不能解決的。她開了一床刀，就換到青雲幫主替她包山包海，包到她找到林諾爲止，這門生意怎麼算都是她賺。

『妳知不知道妳很有做奸商的本錢？』林諾啼笑皆非。

『嘿！身爲受益者的你還敢批評？』她警告地指著弟弟鼻子。

『好吧！情報交換時間。這三個月妳查到什麼？』林諾挺直背，進入正題。

凌葛不答反問：『你的傳送器在哪裡？』

林諾舉起左手。

傳送器是另一個世界定位他們所在地的儀器。

當他們的任務結束時，啓動傳送器，射出的波長會穿透時空壁；而另一端接到訊號之後，會啓動蟲洞設備將他們傳送回去。他的傳送器裡有他的DNA設定，只對他起作用。

傳送器是一個一公分長、零點五公分寬的金屬膠囊，內含極微量的錆，因此有足夠的能量發出定位波。他被送過來之時，蟲洞設備只傳送有機質，因此傳送器注射進他的肌肉裡，等他需要時再從肌肉裡挖出即可，她身上也有一個。

『好，那我們休息一下，明天就回家。』

『什麼？』

『你一開始就不應該瞞著我接下這個任務！你難道不知道有多危險嗎？』她的怒意湧現。

『這不是我接的第一個危險任務。』

『但是沒有哪個會把你丟到一個全然不同的時空去。你知道中間有可能發生多少變數嗎？或許那群科學家計算錯誤、機械故障、時空壁發生偏差……每一種變數都可能讓你永遠回不去。更別提在這種原始的地方，誰曉得會發生什麼鬼事？你竟然沒有跟我商量一下就自己跑過來了！』凌葛越想越生氣，累積多時的憂懼一股腦噴發。

『我知道這個任務有多危險，所以才不告訴妳，因爲妳一定會阻止我。再危險的事都需要有人做，妳根本不應該跟過來的。』林諾也很生氣，不過他是氣科學部的人更多。『妳根本不是外勤幹員，也不是戰士，他們爲什麼會找上妳？』

『總之，你今晚好好休息，我們明天找個空曠的地方傳送回去。』她不容辯駁。

『葛芮絲，』林諾萬分耐心地對她說：『維克一定把所有原委告訴妳了。在沒有找到歐本博士以前，我不會回去的。倒是妳，妳確實該回去，這裡對妳太危險了，妳明天就走！』

『你瘋了嗎？』凌葛提高聲音。

『我們不需要等五年再啓動傳送吧？』林諾深思地道。

凌葛不耐地回答：『時間傳送的波長是有方向性的，之前我們是從對面傳過來，時空震盪亦是從對面震過來，所以他們那一頭必須等波長穩定之後再啓動。我們這一向還沒有人啓動過，暫時是平穩的，任何時間都可以啓動。』

『太好了，那妳先回去。如果我提前找到錆和歐本，會把他鎖在一個安全的地方，五年後再啓動傳送，妳不用擔心。』

他竟然講得一副一切已經定案的樣子，凌葛差點氣炸了。

『林諾・凡德！你以爲我親自千里迢迢跑來這裡，就是爲了丟下你自己再回去嗎？』

『不然呢？妳想把我拖回去嗎？就現實面來看，我比妳壯，我不認為妳拖得動我。』

凌葛怒拍一下桌面，跳起來踱步。

林諾當然不想害她這麼生氣，可是這是他的任務，他非完成不可。

凌葛越走越快，越走越快，最後猛然站定，低咆一聲。

林諾想到某一年在國家公園，聽到母熊護崽的低吼聲，差不多就是這個樣子。

「好吧！把你查到什麼鬼情報通通告訴我！」她氣虎虎地瞪住他。「我們一找到歐本，立刻回去！」

林諾的眉目化開，笑了起來。

他們的第二段歷程，即將展開。

5

凌葛爲了找他，花了兩個月的時間走到邊關，如今再花兩個月的時間和他一起回到宋國中原。

目前的國勢，西方的宋國和東方的陳國各據半邊天下，兩者勢均力敵，土地面積相當。而南方大陸，西北是趙國、中間是許國，東北是涼國。這三個小國之中以趙國的面積最大，許國次之，涼國最小。

凌葛一開始的主意是找到林諾，然後把他拖回家，所以沒怎麼專心在收集情報，他們唯一的線索是林諾這四個月以來從各路人馬口中聽到的消息。

林諾遇到的難題和她一樣，就是交通和資訊的不便。他只能從各地前來從軍的人口中探聽，不然就是隨部隊遷移時四處暗訪。很多消息傳到他耳中已經過了好幾手，要不然就是被誇大到難以辨別眞僞。

歐本把跟降落點有關的資訊都刪除了，所以他們第一步必須先找出歐本當初著陸的地點在哪裡。

歐本比他們早來五年，他本就智商卓絕，這五年來能做的防護措施太多了。「我的降落點周圍五十公尺的草地全燒焦了，我想歐本的降落點一定也有這種現象。」林諾道。

爲了讓自己更快適應環境，他們私下也盡量使用這個時代的語言。

凌葛點點頭。「歐本是個狂熱的科學家。他的專長是各式人體實驗，從醫學到化武都有。雖然來到這個原始的年代，他一定無法抗拒天性裡不斷做實驗的需求，所以我們應該多探訪發生在各國難以解釋的怪現象。」

「我半個月前聽到一件很有趣的事。」林諾挑了挑眉。「有一個老家在岐芴的小兵說，幾年前他們後山裡有一塊地一夜之間焦乾，直到現在都還寸草不生。接下來城裡發生好一陣子的怪事，例如每到半夜便眾犬狂吠，或白天還好好的一個人晚上就狀若顚狂，另有幾戶人家的孕婦生出畸胎來。當時他已經從軍了，有些事也是聽同鄉人說的，所以無法肯定具體是從幾年前開始，不過四、五年前應該是跑不掉。」

岐芴是宋國南端的邊境小城，和涼國相鄰，再往南十里便進入涼國了，西可通許、趙三國，往東進入陳國，算是一個小而美的交通要地。

凌葛深思道：「在時空間壁打開的那一刻會產生微量輻射，像是一個超迷你的炸彈爆炸，地表才會焦乾。當時附近若有孕婦，確實有可能造成胚胎變異。」

那種輻射的量不強，也持續不久，幾乎是蟲洞消失就跟著消失。他們傳送過來之時，身上塗滿具有隔絕效果的生物凝膠，用以保護他們不受輻射侵害。這層黑色的凝膠會隨著時間過去而逐漸變硬，像塑膠皮般一層層剝落下來，最後風化，不留下任何痕跡。

不曉得當初歐本是用什麼介質保護自己，總之，聽起來很像一個傳送點，值得過去看看。

「我們過去看了再說。」凌葛決定道。

兩人翌日準備妥當，立時動身。

★

岐芴

城郊的李二拐子將家裡養的毛驢牽到前門，將欲載到市集去賣的米一袋袋堆在驢背上。

搬到最後一袋，他一時脫力，整袋米往地上一滑，連著已經堆好的另外兩袋也跟著搖搖欲墜。

「啊！」這下子米粒要散了一地啦！他搶過去扶。

打橫裡，一隻粗壯的手臂撈住滑落的米袋，另一手將驢背上的那兩袋穩穩按住。

李二拐子抬頭一看，登時嚇得跌坐在地上。

好、好、好生高壯的一個人啊！

只見那人逆著日光，一顆腦袋剃得極短，肩膀怕不有兩個人寬。他面目黧黑，背後縛著一根長棍和一只包袱，一身束衣短打，渾身風塵僕僕，看起來就強凶霸道的模樣。

李二拐子嚇得打了個滾又爬開兩步，硬是站不起來。

這個角度是可以看清那人長相了，可並沒有更安心。只見他雙眼極深，臉頰瘦削，鼻梁如刀，神情凌厲得會讓他家小孫子看了發惡夢。

那人見他嚇得厲害，忽地展顏一笑。

這一笑可神奇了。

他的五官瞬時柔和起來，一口白牙亮晶晶的，煞是討人喜歡，原來竟是個挺俊朗的大爺。

「老丈，不好意思，嚇到您了。」那人的嗓音低沈柔和，主動伸手將李二拐子拉起來。

「公子爺，我李二拐子膽子小，讓你見笑了。多謝你救了我這幾袋米。」李二拐子連忙道。

那大漢身後走出一個俏生生的人兒，容顏清豔，笑靨如花，真像是畫中走出來的仙女一般。李二拐子眼睛一亮。

「這位老伯，我們姊弟初來乍到，對此間的路不太熟悉，想向您問個路。」那仙女連聲音也是婉轉動聽。

「妳說，妳說，我李二拐子在岐芴活了五十年，要問路找我就對了。」李二拐子熱心道。

「聽說後山有塊異地，周圍翠綠環繞，唯獨它寸草不生。我和弟弟很想過去開開眼界，老伯知不知道要怎麼走？」

「兩位怎知道咱岐匇後山有這塊異地？」李二拐子一怔。

大漢和那仙女對看一眼，主動說道：「老丈，我叫林諾，是在軍中當差的。我有個同營的朋友叫汪善，是你們岐芴人，就是他告訴我異地的事。」

李二拐子恍然大悟。「啊，你說的是汪寡婦的兒子是吧？那真是個孝子啊！從了軍之後，每月的餉銀都往家裡送。汪善他在軍營裡幹得還好吧？」

接下來他嘮嘮叨叨的，問了許多汪善在軍營裡的生活，林諾一一回答。

「李老伯，我弟弟趁著軍中休假，給汪善的娘帶一些邊關的土產回來，我就想著要和他一起過來玩玩看看。您知道那後山的異地在哪裡嗎？」凌葛上前一步，巧妙地把話題轉回來。

李二拐子現出憂色。「姑娘，妳別說我李二拐子沒警告妳。那塊地邪門得很，你們外地來的不明白，還是離它越遠越好，免得觸怒了山神。」

凌葛趁機道：「汪善就是擔憂他一個人在外頭打仗，他娘在家鄉如果有個什麼不安穩，他出門在外照顧不到，所以特別託我們準備了些祭禮，回來幫他好好地祭祭山神。」

「是嗎？」李二拐子遲疑了一下。

可他們看來實在不像壞人，剛才聊起汪善的事也是有說有答，李二拐子想了想，終究還是告訴他們異地在何處。

凌林兩人原以爲會很隱密難尋，沒想到它就在山道旁邊一點點的地方，他們走到李二拐子說的那個岔道就看見了。

那塊地被人以一圈高高的木板牆圍起來，想是城中百姓不願陌生人擅闖。

這種高度難不倒林諾，他抱起姊姊丟過牆去，自己再輕輕鬆鬆地躍入。

凌葛只看一眼就知道這裡一定是另一個傳送點。

這個降落點只有直徑十公尺左右，地表破壞的程度卻比他們的降落點遠遠爲高。

他們的降落點只有表面的植被燒焦而已，眼前的這個圈圈卻是遍地焦土，許多植物枝幹甚至直接炭化。林諾一腳踩上去，沙子立刻鬆散脆掉，形成一個深深的腳印。

凌葛蹲下來捻起一把焦土，一些晶晶亮亮的碎片摻雜在其中。

「土裡含矽成分較高的沙子都已經晶化，這是我們兩人的降落點沒有的現象。」

「爲什麼會這樣？」林諾同她一起蹲下來，撥弄地上的焦土。

「因爲我們的傳送技術是根據歐本博士的研究改良的，不再需要用到那麼強的能量。當初歐本過來之時，一定啓動了極高的能量，所以地表損傷的程度更嚴重。我估計地表以下三十公分應該都是同樣的焦乾，連微生物都很難生存；殘留的輻射量雖然輕微，但是已經足夠讓這塊地在二十年內都寸草難生。」

林諾一聽，不欲在此處久待。

「我們走吧！既然已經確定了這裡是歐本博士的著陸點，一切就容易多了。」

凌葛又在圍牆內繞了幾圈，確定沒有其他發現，兩人遂翻出木牆外，於天黑前回到城裡。

巧合得很，他們在投宿的客棧外又遇見剛賣完米，正要回家的李二拐子。

李二拐子既知他們是汪善的朋友，本著一股熱心，一個勁兒邀他們到他家裡吃飯。

林諾本想婉拒，凌葛卻對他使了個眼色，林諾馬上笑著同意了。

到了炊煙裊裊的時分，林諾提了一罈在酒館裡打來的白乾，兩人依約來到李二拐子家裡。

李二拐子將餐桌架在小小的庭院裡，打上油燈，大夥兒在徐涼的晚風中喝酒吃飯，愜意非常。

李二拐子家裡頭有個婆娘，還有一個嫁出去的女兒叫丫子。這兩天女兒正好帶了兩個外孫回娘家省親，於是母女倆在灶頭忙得熱火朝天，兩個小娃兒在院子裡蹦蹦跳跳、追來追去的，熱鬧得緊。

凌葛向來討厭孩子，她總覺得小孩是世上最吵鬧的生物，近而遠之，林諾就沒有像她那麼嫌棄。

兩小鬼一開始見了他猶嚇得不敢靠近。林諾變了幾個簡單的戲法，孩子們馬上著迷，一下就黏了過來。他偶爾跟大人聊兩句，偶爾跟兩小鬼玩兩下，小鬼頭簡直迷他迷得不得了。

酒不過三巡，李二拐子已經是掏心掏肺，什麼話題都聊開了。

「李老伯，後山那塊地果真奇怪得很，怎麼會整塊地都燒焦了呢？聽汪善說，這是五年前發生的事？」凌葛嘴角揚著溫暖的笑意。

當她有心時，她完全可以讓自己迷人無比。

「豈只五年，還要更早呢！」李二拐子喝下一杯酒，感慨地道。

凌林二人交換了下視線。

「究竟是發生了什麼事？」凌葛好奇地問。

「一開始是六、七年前，大晴天的突然打起悶雷來，可等了半天也沒半滴雨。次數越來越多之後，岐芴裡人心惶惶，最後有人說是山神發怒啦。於是城守主事，熱熱鬧鬧地辦過一輪法會，本以爲悍雷會漸漸消弭，可它依然要來就來，法會管不上用場。」李二拐子酒氣上湧，談興全上來。

「這麼奇怪？」凌葛瞪大黑白分明的美眸。

「還有呢！有些人大白天裡看見什麼白光啦、夜裡出現鬼火啦，層出不窮的，這麼鬧了一、兩年，最奇的就是五年前那一夜啦！」

說到這裡，他戲劇性地停一下，喝了口酒。

兩小鬼又過來纏著林諾要玩，林諾此時的心神全在餐桌間，心不在焉地輕輕一推，讓他們自己去玩。

「噯，外公跟人喝酒呢！你倆別過去添亂！」李二拐子的婆娘正好端湯出來，把兩小鬼斥開。

「李老伯，五年前發生了什麼事？」凌葛殷勤地替李二拐子再斟一杯。說故事最喜歡的就是有人一直問「後來呢？」、「接著怎樣啦？」，李二拐子說得更加起勁。

「我記得清清楚楚！有個大半夜裡，滿城都睡得不省人事，突然之間，天上亮得跟白晝一樣，轟通轟通一陣大響，所有人都被驚醒。那亮光來得快，去得也快，老頭子我嚇得衝到院子裡，四下裡又是烏漆抹黑一片了。

「等天色大亮，城守派人四處去巡邏，就看到後山那塊地整個禿了。接下來城裡不安定了好幾年，有人的媳婦兒生出鬼胎，有人好端端突然就瘋了，怪事不勝枚舉，說太多都怕嚇著妳姑娘家。」

凌葛嗯了一聲，手上執著一杯茶，慢慢消化他所說的訊息。

「李老伯，說來挺巧，我們在找一個外地來的胡人，聽說他五年前曾經來過岐芴，或者他見過這番奇景也說不定，不曉得李老伯知不知這個人？」林諾趁機問，將歐本的形象大約描述一下。

李二拐子愣愣地看著他深邃的眉目。「林兄弟，你是在找你的親人麼？」

林諾被他問得一怔。

差點忘了，在漢人眼中，他也是個胡人，凌葛的相貌就比他更像漢人一些。

雖然漢人是主要種族，每個國家依然有形貌相異的少數民族。只是這些少數民族大多住在特定地區，在岐芴這種小城倒是不容易見到。

「嗳。」他含含糊糊應一聲。

李二拐子皺眉想了想許久。

「你這麼一說，我倒是有些印象，五年前確實有個胡人來過岐芴，可我也不知道他是不是就是你要找的人。你們胡人在我眼中長得都差不多。」李二拐子歉然地道。

兩人沒想到隨口一問竟然就有歐本的下落，登時大喜。

「李老伯，是誰啊？他現在住在哪裡？」她忙問。

「大概也就是四、五年前的事，有個胡人叫吳阿大，也沒人知道他從哪裡來的，只知道有一天他莫名其妙出現在街上。當時他全身都是血淋淋的傷，好嚇人，胡言亂語的，有人問他怎麼啦？他也講不出來，整個人像傻了似的，誰都不認得，可憐得很。」李二拐子道：「後來，城裡的大善人王員外接濟了他一些銀兩，又給他請大夫，讓他住在王家城郊的一間柴屋裡，喏！就是我們下兩個街口那間屋子，吳阿大才沒橫死街頭。」

「他現在還住在那裡嗎？」林諾立刻問。

「他在岐芴住了四個月，有天夜裡沒跟任何人說一聲，自個兒就走了。到現在也沒人知道他上哪裡去。」李二拐子搖搖頭。

兩人互望一眼，林諾知道他們要討論的事很多，於是站起來向李二拐子告辭。

「謝謝你，老伯。今天多謝你招待我們，天色已經晚了，就不打擾了。」

「啊？你們這麼快就要走了？」李二拐子談興正濃呢！。

「是啊！明天還有些事要辦，以後有時間一定再回來找老伯聊天，聽老伯說故事。」凌葛笑嘻嘻道。

幾人又寒暄幾句，方始散去。

★

「我們再回後山一趟。」隔天一早，凌葛一見到他便說。

林諾點點頭，下樓去張羅。

用完早餐，兩人各乘一騎，未到午前便已來到昨日的木板牆前。

「妳還要再翻進去嗎？」林諾問她。

凌葛秀眉微蹙，搖了搖頭，繞著木頭牆慢慢打轉。

林諾把背後的長棍抽出來，輕輕擊打草叢，將蟲蛇嚇走。

他在宋營打仗的那幾個月擅長使長兵器，一柄長槍使開來，當者立斃，讓「宋國新虎」威名遠播。此次被俘而離，慣用的長槍沒能帶出來，臨時便以一根長棍取代。

他們在周圍的樹林草叢，敲敲打打，走了一些時候，他終於問：

「妳在找什麼？」

凌葛細緻的眉心依然糾蹙。

「我也不曉得，等我看到了就會知道。」她站住，回身望著弟弟。「李二拐子說，山裡的異象在六、七年前就發生了。歐本在正式傳送過來之前，曾經傳送過一些小型的生物樣本做實驗。那個能量的強度不足以震盪時空壁，我估計最多只能傳送像指甲片大小的生物樣本。

「歐本從試傳所打開的微小縫隙收集跟這個世界有關的資訊，例如人種、氣候、地理條件。岐芴人看到的閃光、悶雷聲，可能都是這些試傳的成果。我只是想找找看周圍有沒有留下任何蛛絲馬跡。」

這麼多年過去了，要找出像指甲片大小的樣本談何容易？不過林諾還是點點頭，分頭撥找附近的地面。

找了將近一個時辰，未找到什麼特異之處。山是山，樹是樹，草是草，石頭是石頭。倒是太陽已經開始變烈了，一會兒勢必要找個地方避暑。

林諾伸展一下長腰，不期然間，望見前方有一小片盛開的野花。

他微微一笑，望著橘黃白紅各式小花，胸臆略略舒展。

萬花叢中，有一抹正藍色最爲醒目。

他好奇地走過去。這藍花只有一小叢，大約生了五、六朵，每朵花並不算小，有他的手心大。這種藍極爲濃郁飽和，看起來就像是盛夏晴朗的天空。

他不禁伸手想摘一朵給凌葛瞧瞧。

『Don't !』一隻素手橫生而來，飛快握住他。

他愣然回頭。

凌葛眉間籠上一層森然。

「怎麼了？」他問。

「別動，這是黃蔓。」

藍色的花卻名之為黃蔓，眞是古怪。

「這花有毒嗎？」他蹙起眉頭。

凌葛看他一眼。「每一吋都有。黃蔓的花粉有強烈的鎮定效果，花瓣的汁會讓人產生幻覺，枝葉誤食之後會腎上腺素飆升，根莖部分可提煉出神經毒素。這種植物極適合製成麻醉劑或迷幻藥，而且藥性強勁，不需要太多的劑量就能讓人心肺衰竭。」

他吃了一驚，直起身來。

「這種花很罕見嗎？」為什麼她看了如此驚訝？

凌葛深呼吸一下。

「黃蔓是由黃花夾竹桃、牽牛花、仙人掌、曼陀羅雜交，再以基因改良而成；是實驗室培養出來的品種，不是自然植物。」

換言之，在這個時代不可能出現黃蔓。

「歐本當初試傳過來的東西，就有黃蔓。」林諾猛然省悟。她點點頭。「他應該是傳了一些種子過來。因爲能量小，地表損毀不大，有些種子落地生根，自行生長起來。歐本可能把大部分都掘走了，這一叢是落網之魚。李二拐子說，在吳阿大待的四個月期間，村子裡有人好好的，突然狀若顛狂，我想應該就是歐本在那人身上試驗黃蔓的效果。」

「這人簡直不把別人的命當命！」林諾怒氣陡生。

她依然冷冷的。「當初科學部培育出黃蔓，曾想利用它的枝葉提煉藥劑，讓士兵吃了腎上腺素激增、力大無窮，製造一批『超級戰士』。他們找來幾個自願者測試，這些自願者服用藥物之後，進入狂暴狀態，闖出禁閉室殺了一個研究員，最後被制伏。

「其中兩個人腦組織受到永久損害，變成植物人。一個人死亡，另一個人變成只會流口水的瘋子，終身關在精神病院裡。」

林諾駭然盯著她。

許久，他終於問：「爲什麼這麼嚴重的事沒有被揭發？難道那四個人的家屬沒有人肯站出來嗎？」

凌葛嘆了口氣。「他們當然收到巨額的賠償金，況且科學部有這四個人同意加入實驗的合法文件，整個事件很輕易便被蓋過去了。」

他又沈默了許久。

「所以妳才會如此痛恨科學部嗎？」

凌葛忽然問他：「你有沒有想過找到歐本博士之後要怎麼做？」

「取回錆，把歐本帶回去。」他的臂肌裡還藏著一個備用的傳送器，就是爲歐本準備的。

她又問：「你覺得歐本博士是個危險人物嗎？」

「當然。」

「因爲他聰明絕頂，滿腹野心，一心只想以科學改變全世界，卻沒有任何道德良知的束縛；他擁有無上限的資金，和一個只問成果、不問過程的老闆？」

「我光聽妳說就已經腳底發冷。」

「別忘了，科學部多的是這樣的人。」她冷笑一聲。

林諾又沈默下來。

凌葛不理他，從他背後的包袱取出一條巾子，把那幾朵黃蔓小心翼翼地採下來，裝進包袱裡收好。

「妳覺得，歐本要這些黃蔓做什麼？」林諾看著她的舉動思忖。

「有一件事我應該告訴你。」凌葛正色望著弟弟。「自從我知道沙克的身旁有歐本博士這個人之後，一直想找到他。高智商配上反社會人格，讓他加倍危險。我當時便認爲，終有一天他會變成一個比沙克更大的威脅。」

事實果然如此。

「這兩年來，我們就像在互相較勁一樣。他小勝一籌，因爲我所有的緝捕行動都被他提早一步逃脫。

「有一次，我幾乎抓到他，衝入他巢穴的陸戰隊員只晚了半個小時而已。他們在他的書桌上找到一張紙條寫著：Good Job, Lieutenant Vander.」（幹得好，凡德上尉。）

「他知道是妳。」林諾道。

她點點頭。「他知道只有我才能逼得這麼緊。那名隊員把紙條一路帶了回來，交到我的面前，我要求他拿給實驗室的人化驗。突然間，那名陸戰隊員就在我眼前發作，整個人口吐白沫，全身抽搐，幸好即時送到醫院才撿回一條命。」

「什麼？」林諾腰板一挺。

「歐本將那張紙條先泡在由黃蔓根部提煉出來的神經毒素裡，然後再以慢性揮發的化學物質包裹那張紙。那張紙從他的寓所一路送回國內，拿到我面前，外層的揮發物質正好完全消失，那名陸戰隊員的手直接觸摸到紙條上的神經毒素，時間算得剛剛好，就在我眼前發作。」

「他想殺妳！」林諾驚駭地望著她，接著是一股強烈的憤怒湧來。那張字條理應交到她手上。如果歐本此時站在他面前，林諾會毫不猶豫地扭斷他的脖子。

「他不是唯一一個想殺我的人，但，不是。」凌葛搖搖頭。「我們太瞭解彼此了，歐本知道我不會這麼輕易就著了他的道。這其實是他的一種……黑色幽默，向我打招呼的方式。

「我要說的是，歐本做任何事都不會沒有原因。即使是他寫的一張紙條，他試傳過來的任何物質，都不會只是爲了做而做；無論之前試傳了什麼，數量有多少，那必然是他會用得著的東西。」

因爲妳也是這樣的一個人，林諾想。

歐本就像一個暗黑版本的凌葛，同樣的天資聰穎，心機深沈，甚至同樣對外人冷漠，差別只在於他們效忠不同的對象。

他應該高興凌葛和他是同一邊的，因爲他絕對不會想在戰場上遇到她。

「我終於明白科學部爲什麼會選我參與這個任務。」林諾緩緩地說：「他們不是要我，而是要妳。」

並不是他對自己的能力妄自菲薄，他是一個優秀的戰士，他非常清楚。只是，軍隊裡有許多像他一樣優秀的戰士。

對凌葛而言，那些戰士只是戰士，林諾卻是她的弟弟；對科學部而言，那些戰士只是戰士，林諾是可以讓凌葛加入的工具。

她是全世界最有可能抓到歐本的人，科學部要她來，她一定不會來，可是他們找他來，他一定會來，於是凌葛就跟著來了。

「哼！」她白他一眼。最好讓他有罪惡感！

「即使如此，我還是會接受這個任務。這是我身爲軍人的天職。」他老實說。

顯然罪惡感不是很管用的手段，她嘆了口氣。

她臭老弟從小就是這副性子，什麼事都可以聽她的，一談到原則問題就變成蠻牛了。

既然如此，他們只能盡快找到歐本，她才能把他拎回家。

「走吧！我們去歐本當初住的地方看一看，順便找當年發瘋的人家談談。」

★

透過李二拐子，他們得知當初突然發瘋的有兩個人。其中一個發了瘋不久便掉進溪裡淹死了，另一個人卻是王善人的第四個兒子。

「這王善人，就是當初幫了吳阿大的王員外嗎？」凌葛娥眉微蹙。

「是啊是啊！這四公子是王員外最疼的兒子，二房生的，在王家幾個男丁裡就這四公子心性最好，眞是可憐啊……」李二拐子搖頭嘆息。

「他發瘋前去過什麼地方嗎？」她問。

「這我就不知道了。只是，您倆在找的那吳阿大，一開始就是給四公子遇上的。四公子回家稟了王員外，王員外才派人去接濟他，給了他柴屋住。後來四公子還常去探望吳阿大呢！」李二拐頻頻搖頭嘆息。「眞是好人沒好命啊！他一瘋，王員外急得不得了，四處求醫也看不好。找了道士來，道士只說是沖上邪祟，做了成山的法事也不見好轉，而且呀……」李二拐子壓低了嗓門。「最後還鬧出一件事來。」

「什麼事？」林諾很湊趣地壓低嗓音。

「有一天，那瘋了的四公子竟然把一個替王家洗衣服的小姑娘給殺了。當時事情鬧得好大，街坊鄰居就怕四公子跑出來，把他們家閨女也殺了。

「最後王員外花了大把大把金錢，打通了關節，官府才沒辦四公子。他們再給那小姑娘的家裡一筆錢，等風頭一過，王員外急急忙忙攜家帶眷，搬到渻州去了，沒再回來過。」

所以，兩個瘋掉的人都不在岐芴了。凌葛點了點頭，謝過李二拐子，姊弟兩人離開李家。

「一個年輕女孩死了，竟然沒有人受到法律制裁。」林諾覺得簡直不可思議。

「別把我們世界的法治觀念帶到這裡來，在這個階級分明的時代，婢僕隨從不比奴隸好多少。」

王家已經搬走，城裡的產業只留下一個老僕看管，城郊的柴屋更是多年無人聞問。

壞處是，屋子破敗得著實厲害，若有任何跡證可能都消滅了。好處是，沒人會來這種破地方，若有任何跡證也可能留下。

門口那把爛鎖，林諾單手一拉就掉了，連工具都不用。兩人趁著向晚時分無人注意，飛快閃進去。

凌葛點燃了從客棧借來的油燈。

柴屋裡泛著一股霉味，牆壁上的破洞透入幾束夕陽之色。屋子中間有兩根木頭柱子，中間用木頭欄杆區隔成兩半，左邊堆著積滿灰塵的乾柴，從地上直堆到天花板，旁邊是一些廢棄不用的犁、木輪車軸等雜物。

右邊內側有一個長方形的土炕，可以當桌子，也可以睡覺用。整間屋子的地上都鋪著吸收濕氣的乾草。

兩人開始在屋子裡翻翻找找。

「以歐本的天性，他應該不會留下什麼有用的線索吧？」林諾邊找邊道。

「難說。他並不曉得會有人追到這裡來，即使追來了，也不知道是多少年後的事。」

一個人再如何警戒，總是會有鬆懈的時候。

炕上的一個痕跡引起了她的注意，她拿起油燈，伏在上頭細看。林諾見了，立刻移到她身旁來。

只見炕面有燃燒過的痕跡，留下一圈淡白色的印子。她伸手摸了摸那個印子，再用指甲摳一摳，摳出了一些白色的粉末。

她將那些白色粉末在指尖捻一捻，放在鼻尖一聞，對他道：「水。」

林諾打開水壺遞給她，她倒了一點水在炕面，把白粉丟進水灘，白粉立刻溶解。

她微微點頭，手指沾了點水想舔舔看，林諾飛快握住她的手。

「妳不知道那是什麼，就敢這樣直接舔？」他微怒。

聽完歐本的事跡讓他警戒萬分。

「放心。」她只是看他一眼，真的舔了一舔。

他臉上的表情差點讓她笑出來。如果她現在假裝口吐白沫昏倒，他一定會心臟病發作。

她很好心地決定不嚇她可憐的弟弟。

「這是什麼?」林諾盯著她問。

「你知道大理石含有哪種成分嗎?」她不答反問。

「什麼?」

「方鎂石。你知道方鎂石的主要成分是什麼嗎?」

「什麼?」

「氧化鎂。」她把手中的白粉輕輕吹掉,跳下炕來。「你知道氧化鎂有什麼功用嗎?」

「什麼功用?」他耐心地問。

「那可多了。」她諄諄教導。「氧化鎂燃點高,是絕佳的隔熱材。它也可以用來做爲輕瀉劑,或治療腸胃不適,胃酸過多,是很好的胃藥。」

「那是大理石粉?歐本要它做什麼?」他深邃的眼睛投向土炕,皺起眉心。

她跳下炕來,站在柴屋中央,轉了一圈,開始重建整個過程——

「七年前,歐本開始傳送一些微量樣本過來,其中包含黃蔓的種子,這些實驗在岐芴製造出一些異象。五年前,他將自己傳送過來。從降落點來看,我懷疑歐本肉體上應該受了不少的衝擊,這解釋了他被人發現時爲何狀態這麼不好。

「強烈的傳送衝擊，有可能造成暈眩、嘔吐、腹瀉、肢體無力、一時失去分辨環境的能力，維持的長度則視他當時受到多大的衝擊而定。李二拐子形容他『渾身血淋淋的傷，胡言亂語的，整個人像傻了似的，誰都不認得』，這種情況再加上降落點的毀壞程度來研判，我猜他起碼需要好一段時間才能緩過來。

「等他終於回復意識之後，腸胃問題應該是最困擾他的。腸胃不佳，他無法補充營養，就會更虛弱。」

「所以他才需要氧化鎂。」林諾恍然大悟。

她點點頭。「他終究是個流浪漢，王員外即使替他找大夫，也不會來得太勤，他必須想辦法自醫。

「隔壁許國盛產大理石，岐芴是運往宋陳貿易中樞的必經之路，以王員外的財力，家中一定有大理石。四公子經常來探望他，要哄得四公子帶一、兩樣大理石製品給他並不難。他磨碎成粉之後，再燃燒去掉雜質，盡量萃取氧化鎂，這雖然不是最好的方法，卻是他當時唯一的方法。

「這個世界的胡人集中在部落或大城市裡，岐芴大多是中原人，他的樣貌在這裡會引來不必要的注目，然而他的健康狀態暫時不容許他移動到其他地方，這解釋了他爲什麼會在岐芴停留四個月之久；此外，他也必須先瞭解這個世界的風土民情，王員外和四公子的善心是他最好的資源。

「這四個月的期間，他也沒有閒著。他到後山採回已經開花的黃蔓，在四公子和另一個人身上實驗藥性，結果證實非常成功。

「四公子瘋了之後，他怕有一天會追究到他的身上來，等他身體復原得差不多便離開了。」

「這個人簡直忘恩負義，王員外一家對他何等恩惠，他竟然親手加害他的恩人。」林諾瘦長的臉龐掩不住怒意。

她深思地道：「王員外一家是城裡的名人，和他們有關的事情都很容易受到矚目。你看，歐本只是受他們照顧過的一個流浪漢，都被李二拐子記住了。以當時歐本的狀態，應該是他最需要低調的時候，何必選擇四公子這麼顯眼的目標？如果他只是想找人實驗黃蔓的藥性，大可隨便找個路人下手。」

這才符合他的需要！

「或許他需要一個能近距離觀察的目標。」林諾猜測。

「這是可能性之一，我認爲應該有更深的原因。」她抬頭看著弟弟。「歐本雖然喜怒難測，卻是恩怨分明的人。我猜四公子極有可能來探視歐本的時候，撞見過什麼，只是或許他自己也不知道重要性。歐本爲了保全祕密，只好拿他來試藥，一來可以知道黃蔓的藥性，二來可以解決掉四公子這個威脅，一舉兩得。

「現在我們已經知道他來的前四個月發生了什麼事，我們只需要往線索追蹤下去，遲早會找到他。」

林諾饒有興味地聽著。

她眼睛一轉，看到她弟弟面上帶笑，心裡有點不爽。她又不是在唱戲。

「你笑什麼？」

「沒事。每次看妳進行現場分析，都覺得很有趣。」很像看人在變魔術，可以把自己不在場的事都講得分毫不差。

「我可一點都不覺得有趣。」這小子只會給她找麻煩，還敢笑？

「我猜，我們下一步要去找王員外？」

「雖然四公子瘋了，卻是我們唯一的線索，這條路還是得追下去。」她點了點頭。

兩個人從柴屋出來，天色已經全黑。

上了馬，林諾掌起韁繩往客棧的方向而去。

街上突然來了一隊浩浩蕩蕩的官兵，護送一乘華轎緩緩而過。那頂大轎以紗幕罩住，不知內裡坐的是哪家官眷。前後跟隨的人，除了宋國士兵之外，竟然也有一半穿著涼國軍服。

沿路軍衛開道，錦旗在側，甚是威風。開路的官兵大聲斥開路上的閒雜人等，林諾立刻將馬策進小巷子口，以免擋路。

他耐著性子等官轎過去。忽地，一個方面寬耳，一臉虬髯，相貌甚是威武的武官從他們身前騎過，赫然是楊常年！

他低低「咦」了一聲。

楊常年正好轉過頭來，一對上他，虎眸圓睜，露出驚喜之色。

「林兄弟？」

6

賓來客棧的大門早已關上，樓上的住房也已安靜下來，住客們紛紛安歇。

食堂裡陰暗漆黑，每張椅子都倒扣到桌面上，唯有一盞油燈照亮最角落的那一桌。

幾色小菜，兩罈白乾，三人圍坐，秉燭閒談。

小二躲在櫃檯後打瞌睡，不敢走遠，生怕那桌的軍爺還需要他招呼。他半睏半醒地嘟囔著：「都已半夜三更了還要吃酒，真是不給人活了麼？」

楊常年仰頭一飲，放下酒杯感嘆道：

「林兄弟，真沒想到咱哥兒倆還能見面，而且是在千八百里外的岐芴啊。對了，你們要找的人，找著了嗎？」

「還沒，不過倒是有些線索了。」林諾的嗓音在靜夜中格外低沈，深刻的五官被燭火若隱若現地照著，更是線條分明。

楊常年一時心有所感，笑道：「凌姑娘，你們別只顧著找人，有空也給林兄弟相一房媳婦兒。妳不知道，以前在軍營裡，附近洗衣婦啦、紅帳子的姑娘……咳，那些小姑娘家啦，瞧著最怕是林兄弟，瞧著最愛也是林兄弟。」

「是嗎？」她輕聲笑了起來。「好，路上如果有他看中意的，我們打暈了拖回家。」

楊常年盯著她如花的笑靨，呆了一呆，一張粗獷的臉紅了起來。

「什麼拖回家？又不是當壓寨夫人！」

以前軍營裡有個酸氣沖天的文師整天在吟詩誦詞，他心裡忽然浮起了那酸書生說過的幾句話：

手如柔荑，膚如凝脂。巧笑倩兮，美目盼兮。

他不曉得古代的美人兒是多美，不過鐵定不會有凌姑娘的一半好看。

凌姑娘既是林諾的姊姊，年齡自是比他長，可楊常年怎麼看都覺得芳華正盛的她不像林諾的姊姊，倒像妹妹。

凌葛對他溫柔笑笑，他發覺自己盯著人家太久了，連忙倒酒掩飾過去。

「楊大哥，你不是回邊疆去了嗎？怎麼會來到這裡？」林諾低沈地問。

楊常年一時被觸動心事，長嘆一聲。

「林兄弟，你是知道我家鄉在哪裡的，可有一件事你卻是不知。我爹雖然是宋國人，我娘卻是涼國人。我小時候在涼國住到十二歲上，才隨著我爹遷回宋國三山縣。」

「嗯。」

「我在住涼國的時候，附近有一戶人家，只有一個婦人帶著幾月大的女娃娃。家中雖然沒有男丁，起居也不是什麼富貴態勢，一直以來倒也衣食無缺，於是街坊間就有些話傳開來，說這婦人定是哪個大戶人家的外室。

「小時候我家境著實不好過。除了我爹種田之外，我有空就給這夫人打打水、挑挑柴，我娘到她府上燒飯菜，做些縫補細活，賺點兒小零花。這位夫人管自己叫方氏，女兒有個小名叫雲兒。

「有一年，我爹腳上長了瘡，沒錢請大夫，眼看整隻腳都快爛了，下不了田，我們整家人那一個愁雲慘霧呀！方夫人一聽說我們情況不好，趕緊出錢請大夫來幫我爹看，才把我爹的一條腿子給救回來。說來我們一家子人都承了她的大恩。」

楊常年頻頻嘆息，仰頭飲了杯酒，盯著林諾看。

「現下世道不大太平，各國都想爭逐天下，這你是知道的了？」見林諾點了點頭，他繼續道：「眼下勢力最強的是宋陳兩國，可大家都心知肚明，若有一天，宋陳兩國覺得再打下去沒個了局，不打了，那趙許涼三國，可就要憂心忡忡了。尤其是涼國，國勢最弱卻是最富，宋陳兩國無不想將它拿了下來，做爲錢倉米倉。」

林諾不懂他怎會突然說起天下大勢，正要問，楊常年便接著下去：「兩個月前，我朝遣使前往涼國，提出了聯姻之議。」

林諾線條深刻的臉龐現出訝色。

宋陳對於涼國都是誓在必得。如今兩國久戰疲乏，隨時有可能議和，待議和之約一簽定，彼此少了忌憚，很難說哪國會先出兵伐涼。說不定還兩國同攻，一起坐地分贓，宋國實在沒有跟這甕中之鱉聯姻的必要。

一旦結了親家，將來宋國再對涼國出兵，難免引來天下罵名，反倒縛手縛腳。

凌葛聽了卻是笑起來。

「凌姑娘有什麼看法，但說不妨。」楊常年對她的用語就很客氣，不像對林諾說話那麼「哥倆好」。

「涼國若不想被滅，總歸是要跟其他國家結盟的。一旦結盟，誰攻打涼國就等同向盟國挑釁，宋國自然不想讓涼國先去找陳國結盟。

「宋國一旦提出聯姻，一來打消了陳涼合盟的可能，二來是將涼國納為附庸，屆時涼國邊境若有個什麼風吹草動，宋國隨時可以派兵過去說：『我是來保護親家的，大家讓讓！』一旦宋國的軍力屯駐在涼國，陳國等於腹背受敵。這可是絕佳的戰略位置啊！三來，宋國若眞有一日要對涼國出兵，還怕找不到藉口嗎？

「自古以來，以強凌弱，哪裡需要理由？就算明擺著沒事，也可以硬賴你一句『國內有大規模毀滅性武器』。而且就因為他們結了親家，將來打起來，只管對其他國說『這是我們的家務事，你們少管』，他國不也得乖乖閉嘴？宋國國師這招高啊！要是我，我也會同涼國結親。」

林諾苦笑一聲，無話可說。

什麼是「大規模毀滅性武器」？楊常年搔搔頭。只是她說得一針見血，他長年為宋國征戰沙場，也只能訕訕以對。

「這些曲裡拐彎的事，我老楊可想不出來。總之涼國一見宋國來求親，生怕拒絕了會讓宋國老羞成怒，引來禍端。可若不拒絕，將來兩國眞的翻臉相向，誰管你嫁個大公主、小公主過來？到時嫁過來的公主反倒成了現成的人質。

「涼國主君左思右想，怎麼也不能把自個兒嬌生慣養的公主嫁到宋國去，於是腦筋便動到了他當年在宮外一夜風流留下的私生女。」

凌葛心頭一動。「方雲兒？」

「凌姑娘好聰明，正是她。」楊常年忿忿地捶了下桌面，把後頭打瞌睡的小二都給嚇醒了。「林兄弟，你現下知道我今兒送的是一個公主的陪嫁隊伍，你可看出什麼不對沒有？」

林諾深濃的眉糾了起來。

稍早他以爲是哪個官眷出外返家，這樣的陣仗倒也合適；然而，若是一國公主出嫁，全隊只有護衛二十餘人，一頂雕花大轎，一車嫁妝，未免太過寒傖。

「聽說當年陳國公主到西域和親，送嫁隊伍綿延三里，騾馬千匹，珍珠寶玉百箱，婢女奴僕五百人，侍衛千人。前頭的隊伍開始出城，一直到最後一人離城，都需要一日方能走完。這位涼國公主的送嫁隊伍實在是……儉樸。」

「可不是嗎？」楊常年越想越怒。「以前的一個街坊鄰居託人送訊到宋國給我，說方夫人兩個月前病逝了，雲兒還在熱孝之中。眾人正幫她愁著呢！小小一個姑娘家，十八歲不到，連個親事都無人作主。怎知有一日宮裡就派人來傳旨，說要招雲兒回宮去住。街坊鄰居才知道，原來隔壁竟然住了個公主貴人！

「街坊替她開心的，小雲兒這廂終於認祖歸宗，要過好日子了。豈知涼國主君一將她接回去，立刻封她一個『纖雲公主』的頭銜，命她來宋國和親。這分明就是存了要她過來做人質的心，她的生死卻是不重要了！」

楊常年怒得又敲桌子一拳。

「林兄弟，做人當思恩義。以前那個酸筍子軍師老是說：受人以滴，當舀什麼泉水回報。我雖是宋國之人，當年方夫人對我楊家之恩卻是不能不報的。我聽說涼國只給她派了十二名禁軍侍衛，一頂轎子，兩名婢女送嫁，一副不想要太多人跟著一起死的模樣，我實在是氣不過，當下便向朝中請示，自願來涼國接纖雲公主上京！」

他終究是朝中新起的大將，現在雖然只是個校尉，戰功再立，升上副將、乃至於將軍都有可能。纖雲公主有他親送上京，即使嫁妝寒傖，其他人看在他的份上也不致太過輕侮。凌林二人自然明白他的心思。

「我本來是想，浩浩蕩蕩帶上幾百個士兵給公主助威，朝廷卻擔心咱帶太多兵過去，會讓涼國主君生疑。夯不啷噹東扣西減，涼國自己派了十二個禁衛軍，咱就只得十個人手。幸好這十個人都是我一手挑的，以前大家都一起打過仗，路上真遇到事情，也能撐得一時。」聽得出來楊常年對自己國主的決定也挺不滿，又不好說些什麼。

林諾默不作聲地聽到這裡，突然笑了起來。

「你笑什麼？」楊常年吹鬍子瞪眼睛。

「大哥別誤會，我不是笑你。」

他是突然想到了歐本。

同樣是受人大恩，歐本的作法是毀了他的恩人四公子，楊常年卻是一路從邊關直奔而回，只爲了護一個他十幾年不見的小孤女周全。兩相對照，他無法不對命運的諷刺感到可嘆可笑。

「有楊大哥護著，這位纖雲公主想來穩妥得很。」凌葛說幾句不鹹不淡的客套話。

「什麼呢！」楊常年抱怨道：「那幾個涼國的禁軍當涼差、喝涼水慣了，只怕一輩子沒殺過幾個人，個個手腳軟得跟娘兒們似的。幸好我們剛離開涼國不久，還沒遇上什麼大事。如果中途遇人行刺，我看只有我帶來的那十個人手管用，說不定還得幫著照顧那幾個沒卵蛋的……咳，凌姑娘，我老楊講話粗俗些，妳別見怪。」

「不妨事。現下既然已經進了宋國，楊大哥自然就更不用擔心了。」她累了，她想回房間睡覺……

林諾看著姊姊昏昏欲睡的眼神，有些歉然。

「林兄弟，你們接下來往哪裡去？」楊常年忽然問。

「淆州。」他順口一答。

「淆州？」楊常年眼色一亮。「我們上京去，中途就會經過淆州。林兄弟，不如你們跟著我們一道走吧？」

★

「不行！絕對不行！」某個提高八度的聲音。

「我們也是要去淆州的。」某個四平八穩的聲音。

「兩個人走，跟一大隊人馬拖拖拉拉的走，完全是兩回事！」

「目的地相同啊。」

「完全不同！他們是要上京城，讓他們自己去上京吧！你知道跟一個嬌滴滴的公主同路多麻煩嗎？一天的路走成兩天，一個月的路走成兩個月！」

「我們已經晚了五年了，也不差這十天半個月。」

「我最討厭不必要的麻煩了，不要！」

「楊大哥對我有恩。當初在宋軍裡，就是因爲有他罩著，我才沒有被一腳踢出去。我的長槍是他送的，連槍法都是他教的。如果沒有他，我現在可能已經死在戰場上了！」

「你少來這套！」

「做人當思恩義啊。以前那個酸筍子軍師老是說：受人以滴，當舀什麼泉水回報。」

「……」

✶

「哈哈哈哈，林兄弟，眞沒想到咱哥兒倆還可以一起共馳沙場……不對，這不是沙場，是共馳，呃，共馳……」楊常年想了半天也想不出個名堂，索性不想了，一掌重重巴在他的背上。「對了，有個好東西給你，你等著。」

他突然走開，滿場送嫁隊伍都在等著。過了一會兒，他又回來，手中赫然是一把精鐵霸王槍。

「喏，你那柄槍留在軍營裡了，做哥哥的也沒想著會遇上你，沒替你帶上。這柄槍你若還稱手就拿去用，我可不能讓我小老弟拿根長棍走江湖。」

「楊大哥……」林諾看出這槍不是凡物，正想推辭。

「拿去！」楊常年固執地往他手中一推。「我難道還給不起一把槍嗎？我自有另一把更稱手的。這把沈了些，給你用剛好，你收下便是。」

林諾明白再推辭他就要生氣了，只得收下。

這長槍，槍頭寒氣隱隱，森然鋒銳，槍身圓潤滑順，整把槍都是精鐵所鑄。他隨手舞了幾招，槍上的纓穗在寒光中翻飛，圍觀的士兵無不喝了聲采。

這槍的重量確實沈了些，尋常武將使起來並不順手。正好他身高體龐，臂力驚人，這槍倒似是爲他而造一般。

林諾舞了幾個招式，愛不釋手。

他昨日說槍法是楊常年教的，此話不假。剛加入宋營之時，他只能做些搬運打雜的活，閒暇時自己綑了一包沙包吊起來練拳用。

楊常年幾回經過，見到這大漢步伐輕盈，神力驚人，打來打去卻只懂得用那兩隻拳頭打沙袋子，也不知在做什麼。

想了想，他回到自己營帳，取出一把已經不用的舊槍，丟給林諾道：「要麼練練槍，要麼練練刀，成天打個沙袋子能管什麼事？」

說完隨便演了套簡單的槍法就走了。

林諾接過槍，依樣練了起來，不多久便把一套槍法練熟了。

所謂的武功，其實就是透過各種鍛鍊把自己的體能上限不斷提升。提升的等級越高，功力便越好。

林諾正值壯年，一身強壯的肌肉，體能處於最佳狀態。他在海軍陸戰隊是最神祕的「海軍特種作戰研究隊」出身，凡是進入這個部隊的成員，都必須經過魔鬼般的訓練期，那才是眞正的「非人待遇」，身手自然不同凡響！

他的眼手協調能力，肌力耐力，彈跳能力……都比常人更強，一過來已經算個普通高手。

楊常年發現他竟然把自己只演過一次的槍學起來了，也是驚奇，於是又演了第二套給他。一來二去，他從楊常年那裡學到不少關於槍法拳腳的知識。

楊常年雖然是個大字不識的老粗，年少時得遇奇人，武藝倒眞是不差。林諾自身本錢已佳，再受到楊常年的指點，槍法進步迅速，從普通高手漸漸成爲眞正高手。

林諾試了槍之後，對楊常年抱拳一揖：

「如此多謝楊大哥了。」

楊常年拍拍他肩膀，走回涼國禁軍那頭不知說了什麼，不多久，一個人跟著他一起走過來。

這人實際年齡應該和林諾差不多，不到三十歲，只是他天生眼角下垂，嘴角也有些下垂，看起來一副蒼老淒苦之相。林楊二人都是人高馬大的猛將，這人卻是瘦削結實，比楊常年矮了幾分。

「這位是林諾兄弟，素有『宋國新虎』之名，有他跟咱們一起護送公主上京，就像吃了安心丸。」楊常年轉向林諾，直口直心地道：「林兄弟，這是涼國禁軍統領趙虎頭，他們一群娘……禁衛軍裡，就這趙統領還有點意思。」

趙虎頭對楊常年的直率只是微微一笑，客氣地向林諾作了一揖。

林諾一聽他是涼國的禁軍統領，不敢怠慢，連忙回禮。

凌葛看他們幾個大男人在那裡勾肩搭臂，實在有些不耐煩。

她的性格雖然能動能靜，本質上其實是挺高傲難近的一個人，不愛交際應酬，想到接下來還要跟這些陌生人相處上十幾天，就覺得心煩。

總算一群人都見過禮，也稟過纖雲公主林諾姊弟倆的加入，一行人浩浩蕩蕩上了路。

一上路之後，凌葛就知道她以爲的「十幾天」只怕是低估了。

原來纖雲公主會暈轎。

爲了她，整隊人馬行進的速度極之緩慢，兩名宮婢一直在花轎裡伺候著。

原本走了半天即能抵達的驛站，他們過了午才到。一行人匆匆吃完飯喝了水，再度啓程，走到近傍晚，公主殿下又暈轎了，非得停下來休息不可。

凌葛長長一聲太息，也只能認命了。

把抵達渻州的期望值提高到「一個月」好了。

林諾對姊姊是真的有些歉意，行伍一停下來，主動掏出包袱裡的食水遞給她。

他們停在路旁一的處空地，濃密的樹蔭掩去淡金色的夕陽，凌葛找了個橫倒的樹幹坐下來，接過弟弟遞來的水，一小口一小口地喝著。

那位公主從頭到尾躲在轎子裡，偶有探出頭來，也是一身錦紗包得嚴嚴實實，除了那兩宮婢無人知道她生得什麼相貌。楊常年記憶中那幾個月大的小娃兒可做不得準。

隊上都是男人，對公主之尊自然要避嫌。於是隊伍每每一停下來，侍衛們互相低聲談天，只有公主那頂花轎孤零零地窩在一角。

林諾深知出門在外照顧好坐騎的重要，於是自己未來得及喝水，先去照顧馬匹。

公主的花轎就停在馬匹行李之後。

他替馬餵完水與草料，拿刷子輕輕替牠刷了毛。終於整頓完畢，挺身伸了伸懶腰，回過身來。

一個婢女被他的高壯嚇了一跳，一張小臉登時青白。林諾啼笑皆非。

「纖雲公主想到林子裡散散步……」那婢子驚魂甫定地道。

「我們對此地不熟，樹林裡也不知有沒有野獸，公主要散步不急在一時。」林諾濃密的眉糾了起來。

他一皺眉益發顯得凶猛，婢子嚇得又退一步，不知該如何是好。

『Leno!』

林諾聽見姊姊的呼喚回頭。

凌葛好笑地看著他。

『她想上廁所。』

林諾恍然大悟。

「噢!呃，請。」他尷尬地一揮手。

婢女急急忙忙扶著公主到樹林裡去了。

只見那公主全身包了一層又一層。最外層是一件從頭遮到腳的長紗，長紗下還有紗質面罩，手上戴著薄紗手套，身上穿著細紗長服，長服底下眼看著又是好幾層，整個人包得像一尊活動布縵，林諾眞不懂女人幹嘛把自己搞得這麼累。

全身密不通風，不暈轎都不行。

公主解完手回來，發現他盯著自己瞧，猛然一頓。

「公主要不要把手套脫掉？起碼涼快些。」他忍不住建議。

陪她去的婢子露出驚恐之色。「公主是堂堂千金之尊，怎麼能隨意露出手腳？」

纖雲公主聽了林諾的話本來已經在拉手套，一聽婢子的話頓時一停，手慢慢地垂下來。

此時男女之防極嚴，他去管女人家的衣飾本來就有些過了。林諾不方便再說什麼，只能立在馬鞍旁，逕自喝水。

公主在原地佇立片刻，卻沒有立刻回轎子上去。

半晌，一把嬌柔的嗓音從層層紗縵下飄出來。

「對不住，是我拖累了大家。我……我不太習慣坐轎子，我以前都騎馬……」

林諾仰頭喝水，雄壯的喉頭隨著吞嚥的動作起伏。

「妳想改騎馬嗎？」他隨意用手背抹了抹唇，看她一眼。

公主還未回答，婢子又驚恐地道：「公主也不能騎馬。」

公主頭微微一垂，即使看不見她的神情，從姿勢也猜得出來她十分沮喪。

林諾聳了聳寬闊的肩，眞不能再說什麼了。

他身後倒是響起一聲輕笑。

「好驕的婢子啊！連主子的事也管得。」凌葛慵慵懶懶地站起來，把牛皮水壺還給弟弟。

楊常年等人一見，便知有戲可看。

這一路下來，他們其實瞧在眼裡。雲兒雖然貴爲公主，兩個宮婢卻比她更驕橫。

只因這兩宮婢以往侍候的不是王公貴族，便是后妃貴人，哪裡把這臨時認來的「纖雲公主」放在眼裡？再加上方雲兒自覺出身不正，態度低順，兩名宮婢姿態也就越發高了起來。

「奴婢只是遵照主君的吩咐，好生伺候公主，不敢有所怠慢。」陪公子解手的那個婢女叫仙兒，扳起臉回了一句。

「嗯。」凌葛懶懶地說了一句：「林諾，我騎馬騎得累了，若公主不介意，我想進轎裡和她擠一擠。」

公主和兩婢子沒預期她會提出如此要求，一時反應不過來。

凌葛自行走到轎子前，回頭看一眼公主。「咱們都是姑娘家，纖雲公主不介意吧？」

「不介意。」公主被兩名宮婢也管得悶了，途中想有個人說說話，立時點頭。兩個婢子瞪大眼睛「看」了公主一眼——其實是白了一眼——公主不等她們反對，馬上回到轎前跟著上了轎。

另一名叫巧兒的婢子急急忙忙奔到轎前，怒視已經上轎的凌葛。「這是涼國公主的花轎，旁人怎能隨便上轎？」

玉簾翻起，眾人只覺耳前一花，一隻纖纖素手已經飛了出來，「啪」地重重賞了巧兒一耳光。

「妳！妳一介民女竟敢打我妹妹！」仙兒急怒攻心，衝過來扶起巧兒，大怒道：「來人啊……」

啪！又是一耳光將她打飛，兩個婢女一起摔在地上。

凌葛下了轎，指著她們鼻子冷笑。

「我弟弟是名馳邊疆、戰功無數的宋國之虎林諾，我義兄是征戰天下、功勛彪炳的宋國大校尉楊常年，連公主見了我也得客氣三分，妳們兩個奴才是什麼東西，敢跟我叫板？作死麼？」

她容貌本就豔麗逼人，此時怒光一盛，更是令人不敢逼視。兩個婢女驚愕萬分，眼淚滾了兩滾，竟然不敢再出聲。

楊常年一時快意非常。

這兩個奴大欺主的，早該有人教訓教訓！只是他們男人家動手，難免像欺侮女人，害他只能一路憋著。還是凌姑娘厲害！

而且，凌姑娘那句「義兄」讓他聽著就受用無比。可不是麼？他的義弟、義妹，誰敢跟他們叫板？作死麼？

涼國的禁衛軍看看趙虎頭，宋國的侍衛看看楊常年和林諾，幾位大哥都沒說話，他們當然更不敢說話。

「起轎！」

所有人聽見凌葛的一聲嬌斥，立刻動了起來。

一群人快手快腳，上馬上路。仙兒巧兒兩人吃了虧，鐵定是不敢上轎，只得委委屈屈地去坐後頭的嫁妝馬車。

凌葛才不甩林諾的眾生平等那一套，在充滿階級觀念的地方，就是要用充滿階級觀念的作法。

她修理兩個婢子也不是要爲公主出氣，公主的待遇根本不關她的事。她只是不爽那兩個狐假虎威的傢伙一直在拖慢眾人的速度。

她坐在轎子裡，眼神涼涼地盯著對面的「布縵人」。

公主給她看得毛毛的。

「妳不熱嗎？那麼多層紗，脫兩件下來吧！」她神色嬌嬌慵慵，一點都不像剛大發雌威整治過人的樣子。

「好。」公主立刻把最外層的長紗、面紗和手套都脫下來，整個人舒了口氣。

她其實長得挺標緻的，粉嫩無瑕的皮膚少見日照，眉目細緻，櫻唇粉淡，嘴角的一顆小痣極爲討喜。雖然不若凌葛的容色絕豔，卻也是個嬌柔可愛的長相，就是神色怯生生的，少了點皇家威儀。

比起來，凌葛反倒比較像高傲的公主。

她的眼光與凌葛一對上，不由自主地避開來。凌葛又看了她好一會兒，似笑非笑的。

「妳如此軟弱，將來到了如狼似虎的宋廷，要如何爲生？」她懶懶道。

公主驚惶地瞥她一眼，不知該如何回答。

凌葛閉目養神，不再理她。

7

這、這是怎生光景？

送嫁隊伍站在一處斷崖前，下方澗深不知底，白嵐難盡處，唯一的木橋卻是已經斷了。

這山谷寬約十餘丈，陡峭險峻。月餘前楊常年從對向而來，還有一座木橋。岐芴至渻州之間是一片山林，此山佔地不闊，卻從中分爲兩半，整片山被長長的斷崖所劃開。

從山上走遠比繞至山腳下省時，然而山上卻只有一道木橋，如今木橋既斷，一行人倒是被晾在山頭。

「楊校尉，還有另一條路麼？」趙虎頭策馬過來。

「有是有，咱們順著斷崖往下走，山腳下有個村子，到了那處便地勢平坦，可以直接過河，只是如此一來又多了幾十里路。」

「便是路遙，也只得如此。」趙虎頭極之實事求是。

「現在已經申時了，就算立刻下山也一定趕不上宿頭，今晚怕是要露宿在林子裡。」楊常年歉然地往凌葛一瞟。「咱們當兵打仗的，露宿山野渾不當一回事，只是四個嬌滴滴的姑娘家難免要吃苦。」

公主在一旁聽了，策著馬來到林諾和凌葛中間。

自從凌葛大發雌威教訓過仙、巧二婢，她們再不敢乖張，對公主管東管西，於是公主有人撐腰，益發培養出膽識來。

她隔天便向凌葛借了女褲長衫，要一匹馬自己騎。只是爲了避嫌，不消仙巧二婢多說，公主依然戴著寬帽面紗遮住頭臉。

一旦不必顧慮公主的暈轎，整隊人馬的速度頓時快了起來。

這兩日公主若不是跟著凌葛，便是騎在林諾身後。凌葛知道這是「銘印心理」，就像小雞破蛋便把第一眼看見的人當成父母。她和林諾是整段旅程第一個關切她處境的人，所以在公主心裡，他們兩人就像她最親近的人一般。

凌葛雖然啼笑皆非，也只能由得她了。

林諾劍眉一皺，跳下馬，走到懸崖前，盯著從中而斷的那座木橋。

凌葛端坐在馬背上，看看斷橋，看看對面的山林，看看左右兩邊，看看林諾的背影，把眼前的一切盡納心底。

當她這樣靜靜觀望時，有一種神祕難言之感，彷彿看見了其他人看不見的事物。

林諾終於站了起來，回身和姊姊對上目光，姊弟倆微微一點頭。

在一旁的楊常年和趙統領討論完畢，走了過來。

「林兄弟，我和趙統領說了一下，下山的路極為陡峭，冒著夜色下山反倒不妙，不如今兒就在此處紮營，咱們明早再往下走。」

林諾點點頭，也只能如此。

「楊大哥你們負責紮營，我領幾個弟兄去打些野味回來。」

「好好好。」楊常年立刻派了三個人給他。

『Leno.』

林諾要離開前，凌葛喚住他，他劍眉疑問地一挑。

『小心一點。』凌葛靜靜地道。

他點了下頭，領著幾名宋軍消失在林子裡。

那天的成果不錯，他們獵到一隻獐子和一隻山豬，一群無肉不歡的大男人登時興高彩烈的洗剝去毛，砍柴生火，兩隻獵物不久便架在營火上烤了起來。

凌葛看著他們處理豬隻的血肉淋漓狀，噁心得要命，遠遠躲開來。

楊常年哈哈一笑。「原來凌姑娘怕血呀？」

「我不怕血。」她咕噥。

她念過醫學院，連人都解剖過，哪裡會怕血？只是她以前不必吃掉在她眼前被解剖的東西。

反倒是仙巧二婢，竟然很幫得上忙，在一旁給山豬獐子塗鹽抹香料，一點都不怕腥。楊常年他們這些阿兵哥，自己烤野味烤習慣了，所以這一餐說來倒是幾個大男人料理的居多。

豬肉還未烤好便鮮香四溢，一些男人盯得眼睛都紅了。獸肉的油脂滴進火堆裡，「滋」的一聲，連香味一起迸開來，大夥兒饞得險些把自己舌頭先吞下去。

肉終於烤好了，所有人迫不及待抽出小刀來。林諾從山豬身上切了一塊凌葛最喜歡的肩胛肉給她。

「我不要。我吃乾糧就好。」她敬謝不敏。

「凌姑娘，妳這麼怕血，將來夫家過年殺豬，妳怎麼辦？」楊常年打趣道。

「我不怕血，我只是不喜歡吃在我面前被開膛剖腹的東西！」她再度重申，繼續啃她的乾糧。

「妳需要補充蛋白質。」林諾對她的任性很傷腦筋。

什麼是「蛋白質」？今兒可沒有蛋。楊常年搖搖頭，越來越習慣他們說一些他聽不懂的字眼。

公主很細心，到獐子那頭切先下一塊肉，再切成小口小口的肉丁，然後灑上胡椒與鹽，遞到她面前。

「凌姑娘，來，這獐子肉切成塊，就不可怕了。」她的動作熟練細膩，好像以前就做慣了伺候人的事。

這盤肉看起來像巴西窯烤，凌葛終於肯吃了。

「公主！」仙兒不滿地開口。堂堂涼國公主怎麼可以伺候一介民女呢？

凌葛一眼飄了過來，仙兒的話噎在喉頭，趕緊切了幾塊肉和巧兒躲回轎子裡，邊吃邊一起忿忿數落外頭那個女人的不是。

其實她們兩人在宮中，也不是沒見過更橫的主子，只是那民女身上就是有一股不好惹的氣勢，而幾個頭頭眼見都挺著她，兩婢只好不吃眼前虧。

盛夏之時，天色黑得較慢，夜空殘存著微微的藍光。此時清風破暑，草絮亂飛，枝影輕輕搖曳著。

公主坐在他們姊弟中間，火光將林諾刀刻似的面容映得忽淺忽深。初時她很怕他的高大威猛，現在這份魁梧反而讓她覺得極之安心。

「林諾？」她悄聲喚他。

「嗯？」林諾回頭對她微微一笑。

原來他笑起來這樣好看……

她俏臉生暈，偷看一眼身旁的凌葛。凌葛走到一叢草前，不知在看什麼。

「我常聽凌姑娘喚你的名字，聽著也像是『林諾』，可總和我們喚的不太一樣，凌姑娘喚的是你的小名麼？」公主轉回來對他咬耳朵。

林諾一怔。

凌葛平時都叫他「Leno」，正經起來叫他「Lenox」，即使兩人平時都講本地話，叫他名字時依然是英語發音。

公主聽到的其實是「Leno」，而不是「林諾」。不過爲了省去一堆解釋，他直接點頭。

「這是我們家鄉的叫法。」

「那凌姑娘有時會跟你說些嘰哩咕嚕的話，也是你們家鄉話嗎？」

「嗯。」他溫柔笑笑，切了一小塊肉給她。

公主紅著臉接過來，秀氣地吃著。

「你的家鄉在哪裡？」任何跟他有關的事，她都好奇。

林諾輕笑一聲，像對付一隻好奇的貓咪。

「我的家鄉在很遠很遠的地方。」

「騎馬一年到得了嗎？」

「到不了。」他搖搖頭，順手將她有些歪斜的面紗拉好。

「那你和凌姑娘當初是怎麼來到這兒的呢？」公主蒙得有些氣悶，索性把面紗摘了下來。

一張娟麗可人的臉霎時映入他眼中。

她嘴角那顆小痣實在有引誘人家去撫摸的衝動。林諾的手指微微一動，立刻按捺下去。

「我們——」

咻！

變化來得如此迅速。

樹林深處陡然射出一陣箭雨。

林諾不暇細想，腳尖挑起地上的長槍接在手中，在身前舞成一圈，立時將朝他射來的箭全擋了開去。

幾名背對著箭雨的涼軍「呃、呃」幾聲，倒了下去。

「有刺客！」、「護住公主！千萬莫讓賊子傷了！」其他人亦見勢極快，紛紛丟下食物操起兵刃。

箭雨過後，幾條黑影隨之撲來。

林諾躍身而上，身體在半空中刺出兩槍，身體落地時槍鋒已沾了血。兩名蒙面刺客一手臂、一肩頭，各自掛彩。

蒙面刺客未料到他體格龐大反應卻是如此迅速，都吃了一驚。

林諾放眼看去，刺客約莫十五人，身穿黑衣，從頭蒙到腳，只露出一雙眼睛。

突然間，眼前一黑，整堆營火竟然滅了下去。

林諾臨危不亂，只是將一柄長槍在身前舞開來，等他的眼睛適應黑暗。

他的夜視力本就比常人好，其他人尚在適應中，他的視力已經恢復過來。

夜間的森林極之黑暗，只有月光自枝葉間透下的微光，然而已經足夠他分辨出隱約的人形。

他微退半步，撞到一個柔軟的身體，一雙顫抖的手立刻抓住他的衣物。

公主！

他一手伸到背後拉近她，公主立刻抱住他的腰，渾身撲簌簌地發抖。

銀芒一閃，一名黑衣人已持劍殺到。他健腕一翻，一招「古樹參天」指向來人小腹。

這招極其狠毒，刺入敵人腹中卻不立即穿出，而是在體內斜刺往心臟。除了在戰場上，他很少一出手就是如此狠毒的殺招，實是現下情勢凶險，不容他遲疑。

黑衣人慘號一聲，立時斃命。

倏地又是一條黑影殺到。他驍勇異常，竟不將槍頭抽出，直接挑著前一人的屍體往前一送。來人手中的劍刺入一個軟軟的身體，以爲已經得手，誰知長劍才剛一抽，那具身體繼續撞了過來，一柄槍頭透體而過，刺入他的腹中。

第二名黑衣人低呼一聲，眼看也是不行了。

林諾雙臂一振，將兩副屍體震了開來，長槍立空。

暗林四處響著兵刃交錯的聲響。

「啊——」一聲嬌細的呼喊自轎子處傳來。

他背後的公主一顫。林諾生怕她叫出聲暴露了行蹤，連忙伸出一隻左手往後輕拍，公主果然安靜無聲。

雖然感覺得到她的懼意，直至目前爲止她都還鎮定。他不禁有些讚賞。

葛芮絲呢？

聽不到姊姊的動靜，林諾心下微焦。

驟變陡生之時，趙虎頭應變極快，剛抽出腰間的斷月長虹劍，接著眼前便是一黑。

雙目既然無用，他索性閉上眼，直接聽音辨位。

自林諾那頭已傳出兵刃交鬥聲，他聽林諾的一柄精鐵長槍舞得虎虎風聲，不禁佩服此人神力。

他突覺右側微涼，一股銳風殺至。他使出一招「呑天噬地」先護住上下盤，待刀風更近，辨出對方位置，一招「點點星芒」直取來人雙目。

黑衣人不妨他聽音辨位竟然如此之準，吃了一驚已是不及，雙目一痛，一雙招子竟然廢了。不及長呼，喉間已多了一個血窟窿。

趙虎頭為人內斂寡言，實則是涼國境內的劍術高手。

他施展起絕學「春絮秋花劍法」，這套劍法取自「春絮飄軟、秋花翻飛」之意，劍招以輕靈為主，如空中翻飛的花絮。劍法使開來，敵人一時近不得他的身，卻又躲不開他無處不在的劍尖。

待逼近的黑衣人少了，他的危象暫解，一步步退向花轎之處。

『Grace? Grace?』一陣壓低的輕喚響起，卻是林諾聽不到姊姊的動靜，顧不得暴露方位，出聲叫人。

一顆小石頭輕輕擊在他的腳旁，林諾知道是姊姊示意，心裡暫時一安。

眼角黑影閃過，又有兩名蒙面人殺了過來。此時天空正好飄來一片烏雲，遮蔽住月光，整片山林真真正正陷入伸手不見五指的黑。

林諾倒轉槍身，以右腳為圓心，飛快打了一旋，槍柄挑起一圈飛沙往外射去。

「哦」、「哦」兩聲痛叫響起，兩名黑衣人雙目中沙，急急捂住退了開來。

揚在空中的塵沙尚未落地，一柄長槍破空而出，貫穿一名黑衣人喉頭，續刺入另一人右眼。兩人哼也未哼，登時斃命。

頃刻間，他連斃五人。另外三名黑衣人停在他近前，一時竟不敢進攻。

轟！

熄滅的柴堆然耀起一陣刺眼的火光，眾人連忙偏頭避開強光，一陣辛烈的氣味衝入鼻中。

林諾的眼睛只是瞇了一下，立刻看出身前三人的方位。他招式奇快，槍柄一招「臥虎藏龍」往最近的黑衣人掃去，那人腿骨立折，委頓在地。

柴堆被那陣火花引燃，慢慢又燒了起來。

一抹清冷的纖影立在營火旁，卻是淩葛。

四下裡橫七豎八都是屍體，一群刺客原想趁暗突施奇襲，不料林諾如此勇悍，一人便料理掉五個。

「點子爪子硬，撤！」帶頭的黑衣人低喝一聲。

餘下的七名黑衣人不再戀戰，回身衝向林間，帶頭黑衣人突然伸手探向淩葛，林諾驚而不亂，長槍立刻出手，封住他的路數。

「陸三。」凌葛冷冷一喚。

黑衣人身形微震，腳尖一點往後滑出，頃刻間所有黑衣人走得乾乾淨淨。

營地中央一片狼籍，好半晌無人說話。

林諾渾身浴血，楊常年在一旁見了，連忙道：「林兄弟！你受傷了？」

凌葛立刻把掌中的粉末往地上一灑，朝他走來。公主原本兀自呆怔，一聽這話霎時回過神，急急繞到他面前。

「這不是我的血。」他對身前圍著的兩個女人說。

凌葛心頭一鬆。

他渾身是血的模樣在公主心中卻有如金光銀甲的天神。

現場清點一下，黑衣人的屍體有八具，涼國禁軍折損了七人，宋國侍衛一人。

公主想起兩名婢子，快步走到花轎前。

「啊！」她花容失色地退後，冷不防撞進隨之而來的林諾懷裡。

她兩手緊捂著櫻唇，珠淚滾滾而落，小臉埋在林諾懷中不敢再回頭細看。

林諾長槍挑起轎子的簾縵，眉心成結。

仙巧二婢雙目大張，渾身都是血洞，已死在轎內。

楊常年雖然不喜仙巧二婢的行徑，卻也不是什麼深仇大恨。眼見方才還跟他一起翻弄烤架的兩個年輕姑娘，轉眼間便成爲冰冷的屍體，心頭難受之極。

趙虎頭心頭沈沈。身爲涼國統領，他不能保護好公主和手下，實在難辭其咎。

「操他娘豬狗不如的賤胚！」楊常年一陣污言穢語當時吐了出來。

凌葛默然而立，慢慢把手中殘餘的粉末拍乾淨。

「妳從哪兒弄來這個東西？」林諾低聲問。

她瞟他一眼。「火藥的基本成分是硝酸鉀、木炭和硫，你應該比我更清楚才是。」

他當然知道，只是……「硝酸鉀？」

氧化鎂、硝酸鉀、硫，他幾乎要以爲他們是待在科學部的實驗室，而不是平行時空的古代。

凌葛即使沒心情，依然被他的表情逗得笑了出來。

「硝酸鉀就是硝石。硝石和硫磺在這裡都是常見的藥材，一般中藥房就買得到，沒有你想得那麼神奇。」

他們在歐本的柴屋中找到的燃燒痕跡，給了她靈感。她跑到城裡的藥材行一問，果然很輕易便買到硫磺和硝石。

她估算過，他們的時間約莫在一千五百至一千六百年之前，比科學部以爲的一千年前差了五百年。這個時代尚未發明火藥，火藥的出現還要再等一百年，而實際上應用在戰場做爲武器，則是在更晚之後。

離開岐芴之前，她請藥材行幫她把兩種藥材磨成粉，包成兩包帶著，心想將來或許派得上用場。

適才情急之下，她在包袱裡摸到兩種粉末，也不及計算配方比例，粗略地抓了一把就往營火中丟。營火雖滅，木炭裡還殘餘著幾點火星，登時把粉末點燃。

這種火藥沒有殺傷力，強光擾敵的目的倒是達到了。

「沒把我們大家都燒死，算是萬幸。」她嘆了口氣。

林諾靜了片刻，又問：

「那人是陸三？」

她蹙起眉心，沒有多說什麼，轉頭去檢查受傷的傷患。林諾眉頭深鎖。

公主這輩子從未見過這麼多死人，戰鬥中她緊跟在林諾身後，不敢給他引來麻煩，這時才開始感到後怕。還有仙兒巧兒……

她們雖然與她不睦，卻是一路同行的女伴……她不斷拭去湧出來的淚珠，連哭聲都很壓抑。

林諾長臂一攬，給與她安慰。這個世界的男女之防，他還是常常會忘記。對他來說，女人需要被保護，他才不管這種想法會不會太大男人。

「沒事了，他們已經走了。」

公主被他一哄，心頭強烈的情緒上湧，再也按捺不了地趴在他胸前放聲大哭。

凌葛被她哭得頭痛，心煩地揮揮手。

「別哭了！把地上的東西收拾一下，有用的通通撿起來，要做的事還很多。」

公主被她一說，急急收了淚退開來，不敢再哭了。

眾人開始清理現場，公主手中有事情做，反而不再胡思亂想，情緒漸漸平定下來。

一個宋國侍衛聽見林凌二人的交談，回身跟楊常年咬耳朵，楊常年聽完，暴怒地衝過來。

「凌姑娘，妳說那人是陸三？是他嗎？啊？」

「誰是陸三？」一直沈默不語的趙虎頭抬起頭，眸中射出利芒。

「無論他是誰，都已經逃了，活著的人最重要。」凌葛一貫是清清冷冷的語調。

她示意林諾將她的包袱拿來，從中取出針線剪子，以及專門打造的手術用小刀，開始替傷者處理傷口。

「什麼活著的人重要？難道這些死去的弟兄不重要嗎？他們的父母家人都不重要嗎？我沒把那個兔崽子抓回來，怎麼對得起這些弟兄？」楊常年氣得一腳踹在大石上，踹得沙土四處飛揚。

林諾皺起眉頭，想勸住楊常年，這邊廂凌葛已經先厲斥起來。

「你要是想發瘋，給我到一邊去發，少在這兒添亂！」

楊常年給她罵得心頭一堵，滿肚子氣無處發，怒火沖天地走開。

林諾嘆了口氣，又蹲下來，出乎意料的是趙虎頭竟然也走過來幫忙。

「你去看看他，這裡有趙統領幫我就行了。」凌葛冷冷對弟弟說，手中縫補的動作不停。

林諾點點頭走開。

凌葛叫趙虎頭把雙手洗乾淨，教他如何使用酒消毒針線刀具，如何使用火烤過刀鋒。

她柔聲安撫一名腰側中劍的宋衛，一面用剪子把他傷口附近的衣服剪開，仔細清洗好傷口，確定沒有傷到重要臟器之後，用針線把傷口縫起來。

趙虎頭從未見過這種療傷法，又見她一個姑娘家竟然神色鎮定，渾不把手中血肉當一回事，不由得暗暗驚異。

凌葛處理完這個傷患，依續去照顧下一個人。幸好除了兩個人傷口需要縫合，其他人都只是輕傷。有些人比較彆扭，驚恐萬分地拉緊衣服，怎樣都不肯讓她看。她連拐帶騙講得一副傷口隨時會爛掉一樣，把這些雄赳赳氣昂昂的士兵嚇得乖乖聽令。

終於把傷口都處理好，她疲累地站起來，卻見整片營地都清理乾淨了，幾名侍衛聯合將屍首拖進林子裡，掩埋妥當。

公主立刻把水壺遞給她，凌葛接過來喝了一口，對她溫和地笑笑。公主受寵若驚，終於露出一絲喜意。

「林諾呢？」她的嗓子有些低啞。

公主擔憂地看向背後的林子。凌葛點點頭，也不多問，疲累地在一顆大石頭坐定。

過不多時，林諾同楊常年一起走了出來。楊常年停在她面前，粗豪的臉孔訕訕的。

「凌姑娘……對不住，方才我一時失態……」

「不要緊，關心則亂。」她無所謂地擺擺手。

「凌姑娘，我只是不懂。陸三不是同我們一道的嗎？爲何帶人來行刺纖雲公主？宋涼聯姻跟他們江湖人有什麼干係？」楊常年對凌葛素來心服口服，現下心裡一有疑問，第一個想到就是問她。

凌葛也一直在想這個問題。

「若陸三是涼國人，公主嫁到宋國雖然對涼國沒有長期保障，短期來說依然有利。他即使心懸國事，也沒有破壞聯姻的必要。」林諾深思道。

公主此時又走了過來，給凌葛送了塊小點心。凌葛發現她眞的很愛照顧人，笑笑地接過。

「第一，雖然我是在涼國結識青雲幫的人，不表示他們通通都是涼國人。第二，今天的行刺是有組織的，不像陸三個人所爲，只怕背後另有目的。」

楊常年把一頭粗髮抓得更亂。「那……是怎麼回事啊？」

凌葛嘆了口氣。「楊大哥，所有國際關係的本質都一樣，有人受益，就會有人受害；就算沒有人受害，也會有人不願見這些受益的人受益。」

雖然她的用語怪裡怪氣，趙楊這些「古人」倒也聽懂了。

她看著老實耿直的楊常年。「你想想看，涼國一旦成爲宋國附庸，第一個憂心的便是陳國，陳國難倒會樂見其成嗎？

「許國緊鄰著涼國，在三小國中是國勢第二弱的。如今涼宋一鼻子出氣，宋國若一時不取涼國，你們猜下一個遭殃的是誰？許國會不緊張嗎？

「至於趙國，他們一直想著與許、涼結盟，三小國合力對抗陳宋二國，形成天下三分之勢。如今涼國先棄他們而去，趙國豈會不怒不懼？」

她深深嘆息。「無論是哪一國，都有理由不希望見到宋涼聯姻。那要怎麼破壞呢？太簡單了！只要涼國的公主死在宋國的境內，非但聯姻不成，涼國必當舉國悲憤，屆時無論是聯陳，或是聯許趙二國，總歸有人撿個現成便宜。

「而宋國以堂堂大國之尊，竟然讓一個鄰國公主尚未嫁入便死在自己的家門口，這個臉豈不丟大了？又要怎生向涼國交代？若涼國一時不忿，聯了陳來攻打宋呢？若是許趙二國見獵心喜，一起『見義勇為』加入討伐呢？宋國只怕面臨的就是四國合圍之勢。

「楊大哥，你當初接手只是為了一償幼年恩情，依我說，你卻是接到五國之中最大的一個燙手山芋了。」

楊常年呆立當場。

「依我看，上京的路程必然還有其他波折。我們才剛出了岐芴，已經損折七個好手，從現在開始大家警醒一些，無論如何要將織雲公主安然送到京城才行。說完了，睡覺。」

然後她就真的睡覺去了。

8

林間的一場夜襲讓眾人繃緊了心神，一大早便收拾好東西準備出發。

公主既然有危險，林諾、楊常年、趙虎頭三人決定還是輕裝簡從爲宜。目前最重要的目標是將公主安然送到京城，花轎、馬車都只會拖累進度。於是眾人捨了轎子，把一車嫁妝化整爲零，分放到每位侍衛的馬上，不方便攜帶的物品就直接丟棄。所有人脫下官方服飾，全部換上平民裝束。

原本整隊人馬共二十九人，有公主和兩名婢子，趙虎頭領的十二名涼國禁軍，楊常年領的十名宋國侍衛，再加上林諾姊弟。如今只剩下十九人，場面更加冷清，而其中公主與淩葛又無戰鬥力。

雖然堂堂一國公主竟然自己騎著馬出嫁，也算是奇景，然而一時之間也顧不了這許多。楊常年只在心裡暗想，屆時朝廷若怪罪下來，他一力承擔便是。

山腳下的村子要明天早上才能抵達，今晚勢必又要野營一日。眾人保持警戒，將公主護得密不透風。

公主一路上都很沈默，與她這幾日問東問西的開朗模樣不太一樣。

林諾看一眼騎在身後的公主，心想她八成是受驚了，也沒有多說什麼。

午時一至，眾人找了蔭涼的地點停下來打尖。

林諾坐在一塊石頭上，從懷中掏出一小段炭塊和幾張粗紙，低頭不知在畫些什麼。

公主慢慢走到石頭邊上，捱著他坐下來。

論理，凌葛是僅剩的女眷，她應該多和凌葛在一起爲宜。然則凌葛天生有一股冷傲氣勢，即使臉上笑著，也讓人有一種難親近之感；相形之下，高大威猛的林諾更柔和體貼，公主心裡對他更依戀一些。

「林諾，你在畫什麼？」她看了看林諾手中的紙。

這幾日他一有空就在塗塗寫寫的，她已好奇許久。

林諾抬起頭，對她溫和地一笑，先不回答她的問題，反問：「妳心情好些了嗎？」

公主低下頭來。

過了好半晌，她才低低開口：

「我原以爲聽從父王的話嫁到宋國來，可以消弭戰爭，挽救許多人的性命，沒想到……沒想到還未出嫁，就先讓許多人爲我而死……」

「妳眞的認爲自己嫁到宋國可以阻止戰爭嗎？」

「昨夜聽了凌姑娘一說，我知道是不可能了，只是……只是……這是父王的意思。」她心頭沮喪。

「妳自己的意思呢？」

公主被他問住了。

從來沒有人問過她的意思。母親在世時，她聽從母親的意思。母親過世之後，她聽從父王的意思。她從沒想過要聽自己的意思。

「做兒女的以孝爲先，應該聽從父母之命……」她低聲道。

「嗯。可是妳父王做決定的時候，並沒有把妳的福利考量進去。」

公主睜大眼望著他，不曉得應該說什麼。

『你傳道傳錯對象了。』凌葛似笑非笑地瞟過來。

林諾的眉頭一皺，看姊姊一眼。

凌葛聳聳肩，換回本地語言。

「在這裡，女子只有依附男人的命。若不是聽父兄的話，就是聽丈夫的話。你眞的以爲她們有自主能力嗎？你叫她違抗父王的話，然後呢？她要何以爲生？找另一個男人嫁了？先不說有哪個男人敢違抗兩國皇命娶她，這跟嫁到宋國皇室又有什麼不同？」

「凌姑娘妳不也沒有嫁人麼？」公主只覺她的話極之刺耳，不由被激出一點性子。

「好吧，那妳就學著我別嫁人了。」凌葛輕笑一聲。

她一表達贊同，公主反倒先沒了勁。

「我……我沒有凌姑娘的聰明，什麼都不會……我學不來凌姑娘的。」

看吧！她聳了聳肩，帶笑地望向林諾。

『Knock it off!』（別再說了。）他不悅地低喝。

凌葛就沒有他那種拯救天下蒼生的胸懷。各種時代都有它的民情，把他們的觀念套用在這裡，只是自討沒趣而已。

楊常年等人聽見他們說話，都停了下來。

凌葛懶得再理別人的閒事，一把將他手中的紙抽了過去，一張一張看起來。

「你在畫什麼？」

紙上都是某種機械構造的精細圖解。她看完每一張圖，露出感興趣的神情。

『可行嗎？』

『人類使用弩的歷史已經有幾千年了，在這個年代，弩的架構已經相當成熟，沒有妳想得那麼稀奇。』終於輪到他說這句話，林諾登時笑顏一展。

他是一部活動的「武器知識庫」，現代槍械雖然在這裡用不上，傳統冷兵器就派得上用場了。

『失敬失敬。』凌葛把紙還給他。

『十字弓並不是什麼太精密的武器，最基本的十字弓用幾枝筷子和橡皮筋就能完成，不過那當然只能當玩具。』林諾把自己畫的圖樣收起來。『這裡的弩較為笨重，而且我的手臂比較長，不符合我的人體工學。我需要一把為自己量身訂做的十字弓。到了下一個鎮上，我們或許可以找家鐵匠舖子試試看。』

「林兄弟，你們又再講那些嘰哩咕嚕話了。」楊常年走過來，好奇地接過了圖樣來看。「咦，這不是弩嗎？」

上頭畫的雖說是弩，卻又和他常見的弩有些兒不同。

「是。」

「這是什麼？」楊常指了指其中一個部件。

「準星。」林諾回答。

「『準星』是什麼？」楊常年疑惑不解。

「或許這兒的話不叫準星，我也不曉得叫什麼，就是幫忙瞄準目標的東西。」

林諾搔了搔下巴。

楊常年研究了半天，終於有點明白了。

「我知道了，是『望山』吧？」

趙虎頭好奇地走過來看，幾個男人當場興致勃勃地討論起來。

弩的射程比弓遠，殺傷力比弓大，只是這裡的弩在裝箭矢時需要較長的時間，如果是在戰場上，一箭射出再裝第二箭，中間這段時間可驚險得很。

當然也有所謂的「連弩」，然則連弩更加笨重，林諾主要是以美軍佩備的十字弓為概念，調整一下力矩及擊發的位置，讓它裝填速度更快，命中率更高，更貼近他習慣使用的十字弓。當裝填速度變快之後，他的單發十字弓反倒比連弩好用。

只是，受限於鑄造技術，每個鐵件有沒有辦法做出他要求的厚薄比例，攸關這把十字弓的效能，於是鐵匠本身的技能便相當重要。

他們幾個男人一聊起「玩具」就一副欲罷不能的樣子，凌葛受不了地搖搖頭。

「喂——可以走了嗎——」她聲音拖得長長的。

「啊？」、「走了走了。」幾個男人回過神來，意猶未盡地準備上路。

「沒關係，你們想聊就多聊一會兒，反正時間很多。」她故意道。

「不用不用。」

幾個男人也知道要慚愧，凌葛好笑地瞪著他們。

公主好生羨慕。

她自小與母親過著幽居的生活，除了母親沒有一個可說話之人。

後來進了宮，宮廷是最勢利涼薄的地方。她一個認來和親用的假公主，連宮中僕婢都瞧不上眼，讓她更是嚐到人情冷暖。

她看著凌葛與幾個大男人談笑風生，神態那樣的天經地義，理直氣壯，爲什麼她就做不到呢？

無論在哪裡，她都像個局外人。

「想什麼呢？上馬吧！」林諾見她一個人在那裡發呆，笑笑地向她伸出手。

她心頭一熱，慢慢把手放進他粗糙的掌中。

只有林諾，總是會回頭看顧她……

他們一路來到山腳的小村子，都沒有再遇到任何異狀，眾人雖然意外，卻更加不敢鬆懈。

那些黑衣人一次未得手，一定會再有第二次。即使不是黑衣人這一路，也難保不會有其他路人馬。

一行人連著在山裡野營兩夜，也著實累了，尤其是兩個姑娘家。林諾也需要一點時間找鐵匠做他要的弩，眾人遂同意在這小村子裡停留一日，明日再啓程。

這種窮鄉僻壤自然貧脊得很，全村只有十七戶人家，兩條十字形交錯的路，全村人都住在這兩條路上。

他們一行人同時來到，著時驚動了村裡的人，年邁的村長急急由人扶出來，瞧瞧是怎麼回事。

「我們是一隊往淯州去的商隊，無奈在山林間迷了路，萬望村長和村民收容一夜，多有叨擾之處，定有酬謝。」凌葛驅馬上前，笑意盈盈地向村長解釋。

村長見她花朵一般的姑娘，不像惡人，才鬆了口氣。

「姑娘客氣了。山腳下沒有什麼好招待的，各位大爺莫要見怪。」這種小山村當然沒有客棧，於是村長分配一下，讓所有人平均分散在村民家裡借宿。

幾個大男人安頓好了，第一件事當然就是問村子裡有沒有鐵匠。

他們運氣好，村子裡眞有一名老鐵匠。幾個大男人又興高彩烈地殺到鐵匠那裡，凌葛和公主跟著一起過來看熱鬧。

老鐵匠姓張，村民都管他叫張鐵匠。

楊常年擔心小地方的鐵匠技藝八成也不怎地，可他們到了店頭一看，牆上掛的鐵刀犁頭皆鋒銳異常。凌葛拿起一把專門用來剝獸皮的短刀，但見它刃薄如紙，刀鋒如霜，登時愛不釋手。

「看來這張鐵匠眞有幾分本事。」她笑道。

林諾看她喜歡，便將那把剝皮刀取了過來，打算買給她做爲防身之用。

張鐵匠被這群突然衝進來的大男人嚇得一愣一愣。林諾拿出圖樣，細細解釋自己的需求是什麼，每個部件的厚薄如何等等。

「我盡量試試便是，客倌何時要？」張鐵匠細細研究了半晌，終於道。

「最晚明兒一早，一定要做好。」林諾說道。

「明兒一早？」張鐵匠嚇了一跳。

「張鐵匠，勞你今晚開開夜工，銀子我多一倍給你。」楊常年掏出一錠銀子往桌上一放。

公主的送嫁隊伍啥都不多，唯獨銀子很夠用。林諾反正是兩袖清風，也不跟他客氣了。

老鐵匠生平沒見過這麼大一錠銀子，又嚇了一跳。

「老頭兒盡力便是，盡力便是。」他扯開風箱，加大了爐火，立刻開始敲敲打打。

一行人無事可做，索性便坐在店頭聊起天來。

「幾位大爺，你們是怎地跑到我們這小村子裡來？」張鐵匠邊打鐵邊問。

「山上的橋斷了，我們一路繞下山來借道。」凌葛隨口答道。

老鐵匠猛地停下，駭然轉身。

「橋、橋、橋斷了？那可不成！那可不成！村長知道嗎？不行不行，我得去跟村長說。」他放下鐵鉗就要往外走。

楊常年連忙攔住。「張鐵匠，橋斷了就斷了，也不是一時三刻能修好的，你先專心替我兄弟做這把弩成不成？」

「不行呀！大爺，您不瞭解，我一定得跟村長說去！」張鐵匠急得老臉漲紅。

「好好好，你手別停！我讓人去跟村長說去。」楊常年只好從街上招來一個亂晃的侍衛，要那人將橋斷的訊息帶去給村長。

凌葛見張鐵匠如此心急，事情必然有異。

「張鐵匠，那座橋離村子有兩天的腳程，村裡的人又不需打那兒過山，爲何你如此緊張？」

「姑娘，你們是外地人，有所不知，這個……這個……唉！」張鐵匠嘆氣連連，手中的工作卻是不敢停。

「你這小老兒忒也會吊人胃口，要說不說的，乾脆點一句話下來。」楊常年笑罵。

「張鐵匠，是村子裡有什麼難處嗎？」林諾低沈地問。

張鐵匠長嘆一聲。「幾位大爺是外頭來的，定當知道，這世道啊！雖不至於民不聊生，卻也萬事艱難。幾年前，一群強人在我們東山這頭佔地爲王，專門幹些攔路搶劫的勾當。

「山上那座橋是連接東山西山的，路過的行旅都走那座橋居多。那幫強人專門在山上出沒。早些年他們來搶過咱村子幾次，實在是看咱村子窮到掉渣，也就不再來了，大家伙倒是相安無事。如今山上的橋既然斷了，待要修整完畢還不知多少時日，屆時行旅們都從咱們山下經過，豈不是把那幫強人給引了下來？只怕咱村子要過不安穩啦！」

林諾劍眉微蹙，幾個大男人互望一眼。

原本遇到這種強盜佔山爲王的事，被他們聽到了便不能不理，然而他們現在有重任在身，人手也不足，就算要剷平這幫賊子，也得等公主送到京上，日後再帶人回來。

「張鐵匠，那個山寨子有多少人？」凌葛好奇問道。

「夯不啷噹也有七十幾號人。」

「七十幾個？那聲勢不小，幾乎跟村子的人數一樣了，都沒有官府的人過來查辦嗎？」

「姑娘，妳瞧瞧咱這小村子多大點地方？最近的官府也要出了山幾百里，哪裡管得到咱這小山村？」張鐵匠說完又是拚命嘆氣。

林諾輕哼一聲，神色漸漸森然。

再荒僻之處，也一定有管轄的官府，倘若因爲地遠路遙而輕忽，說來倒是管轄者的不是。這事是發生在宋國土地上，楊常年不禁有些汗顏。

「林兄弟，你莫著惱。待大事已了，我們哥兒倆一口氣把這窩賊子全都端了。」他小聲跟林諾說。

林諾沈著臉點點頭。

「不成想竟在此處遇到幾位大哥。」一聲朗笑傳來。

眾人齊刷刷回過頭去，一道瘦長的身影停在店門外，言笑吟吟，可不正是陸三？

刷、刷、刷三陣光芒劃過，陸三的脖子上多了柄菜刀，心口比了柄鋤頭，太陽穴抵了柄鐵鎬。

張鐵匠嚇得直眨眼睛。

「噯，幾位大哥，因何一見面便兵刃相向，莫非是有什麼誤會？」陸三神色絲毫未改。

「凌姑娘，妳讓開！讓我一刀劈死了這王八蛋！」楊常年目眥欲裂。仇人相見，份外眼紅。

凌葛卻慢悠悠地晃過去，停在陸三面前。

「幾天不見了，陸三。」

「陸三自與三位在邊疆一別，已經數月有餘，凌姑娘何來的幾日之說？」

「你這個王八蛋龜孫子，狗娘養的！老子砍了你爲我那幾個弟兄報仇！」楊常年火爆地便要衝過去，趙虎頭比他更快一步。

林諾手中的鐵鎬一回，將兩人一起攔住。

「林兄弟，你、你、你也攔我？」楊常年虎目圓睜。

林諾只是對他搖搖頭。

他不知道凌葛想幹什麼，既然她不急於發難，就表示她心頭另有盤算。

公主一發現事態不對，早已閃到林諾身後，警戒地瞪著陸三。

「既然是數月不見，這麼巧，你也來到這前不搭村、後不著店的野地方？」凌葛笑問。

「小弟有事要往許止一趟，不料山上的橋已斷，只好借道山下的村徑，不成想幾位竟然也在此處，真是好巧。」

許止在他們來時的路上，與他們正好反相向。

「哼！」趙虎頭神色陰沈。

林諾每次見到陸三的感覺都不相同。

第一次見面是在誠陽城外的山道，當時只覺他是一個普通人。

第二次是在暗流地道之中，當時覺得他是個默默操舟、勤勉寡言的年輕人。

第三次是寅夜中的凌厲殺手。

這一次，他卻像個知書達禮、笑容滿面的書生公子。

林諾開始對這個人改觀。一個人有如此多面向，說明了他有多麼深沈難測。

他記得他曾問過姊姊，陸三可不可信，凌葛的回答是——除了你，我誰都不信任。可見凌葛早就察覺這人有古怪，只是她說不出是哪裡不對。

如果凌葛都找不出這人哪裡不對，陸三就絕對不會只是外表上的樣子。

「既然如此，不耽誤你了，請。」凌葛好整以暇地伸手一比。

「諸位大哥既然不喜陸三，小弟本該識相走開，只是楊林兩位大哥似乎對我有極深的誤會，陸三實在心裡難受。」陸三長長一揖到地。「如果幾位大哥不嫌棄，小弟請農家備一頓飯酒，好好向幾位大哥賠罪便是。」

「小弟個屁！誰是你大哥了，別叫得這麼親熱！」楊常年脾氣急了。

「不用。」林諾眉目深陷，漠然地道。

「只是一頓便飯……」陸三還欲待言。

「我沒錢，鐵匠的錢你幫我付就好。」林諾直接了當地開價。

「啊……是。」

張鐵匠看他們幾眼。怎麼、怎麼這些人也挺會搶錢的模樣？

✶

「凌姑姑，妳幹嘛不讓我一刀宰了那小子？」

楊常年氣虎虎地站在窗戶前，瞪著對街笑吟吟的陸三。

他們分住在村民家中。公主與林諾姊弟同住，楊常年住他們左邊，趙虎頭住他們右邊，陸三竟然住在他們對面。

他們只要簾子一掀起來，陸三便坐在對面的窗前品茶賞月，笑著對他們打招呼看。

什麼東西！學人家打書生巾，裝窮酸書生，眞以爲騙得過他們？

「我在誠陽一見到他就知道他不是什麼好東西！」楊常年忿忿地摔下簾子。

你後來又覺得人家是好人啦！林諾心裡暗暗好笑。

「喝茶。」公主端了一壺熱茶與四只杯子進來。

楊常年趕忙接過茶盤。「公主，您莫忙了。這些端茶送飯的小事，怎會由您來做？眞是折煞末將了。」

公主淺淺一笑。

「這些農家最是純樸不過，見我們帶了一堆亮晃晃的刀子，早嚇得躲在後頭不敢出來。我看要茶要水還是自己來吧！」她嘆道：「你們都知道我只是個臨時認來的公主。以前家裡只有我和娘兩人，最多再加個小婢，許多事都是我幫著做的，早就做慣了。」

楊常年這才想到，褪下公主的頭銜，她也只是一個尋常姑娘家。

凌葛姊弟就沒在乎那許多，有飯來就吃，有茶來就喝，即使是涼國國君親來送飯送茶，他們也不覺得有什麼。

「凌姑娘？林兄弟？」楊常年又繞回老碴兒來，一心想過到對街宰了那陸小子。

凌葛對他鬥牛犬似的性格又好氣又好笑。

「楊大哥，你說陸三是何時決意對我們不軌？」

「咦？」楊常年被她問住。

「如果他一開始就有歹意，我和他一路從涼國趕至誠陽，他有無數機會可以殺我。又或者在誠陽救了你們出來，他只要在地底暗流裡弄翻舟子，就可以把我們通通淹死，爲什麼他那時不動手？」她擲著一只茶杯，慢條斯理地道。

「自然是因爲那時尚未有宋涼聯姻之舉，他分明是衝著公主來的！」

「是了。此事干係極大，他試一次不成，一定會再試第二次、第三次。他只要沿路躲在暗中偷襲，我們也奈何他不得，何必自己跑到我們跟前來暴露行蹤？」

「這、這……我可不知道。」

「我也不知道。」凌葛輕聲一笑。「所以我很想知道。」

「把敵人放在你看得見的地方，比讓他待在你看不見的地方安全。」林諾沈聲解釋。

公主點點頭，似有所悟。楊常年吹鬍子瞪眼睛，也奈何他不得。

躂躂躂躂躂——一匹快騎由遠而近，急向村口而來。

山裡無甚可去之處，村民酉時吃晚飯，吃完不久就準備睡了，因此四下寂靜異常，馬蹄聲老遠便聽得到。

來了。所有人心中同時浮起一模一樣的心思。

林諾和楊常年抽出兵刃，衝到大街上。隔門的趙虎頭和其他軍衛聽到動靜，也紛紛出來，連陸三都步上大街。

所有人彷佛有志一同，刷刷刷劍光刀光齊閃，陸三脖子上架了三把刀，胸口抵著一柄槍，背心對著兩把劍。

「諸位大哥這又是幹什麼？」陸三苦笑。

「原來你這小子早有埋伏！」楊常年怒道。

「諸位大哥，此人確實與小弟無關，您們錯怪我了。」陸三認真地道

凌葛走到他左近，不說話，停在路中央等著來人接近。

那快騎一下子便奔到村口，手中火把高舉。

「東山頭黑風寨成寨主通告：黑風寨今夜寅時下山打草穀，村子裡的男女老少盡可一避，今日來的肥羊一個都不許走。有違者，全村燒殺擄掠絕不手軟。」

喊完話轉身飛快馳去。

整個村子頃刻間像炸了鍋，雞飛狗跳，孩哭嬰啼，家家戶戶倉皇收拾細軟，準備出逃。

「禍事了！禍事了！」村長由人扶著，顫巍巍地奔過來。「黑風寨知曉我們村子窮，已許久不來擾民。這番要下山打草穀，定然是因爲他們的探子下山踩盤子，看到了諸位的馬匹行囊在村上停留。幾位大爺，你們帶著兩位姑娘快逃吧！所有村民也要撤了，不能再收容各位啦！」

「莫慌。三更半夜，村民能撤到哪裡去？」林諾穩住村長的身子，盡量安撫他。

「我們只能在山裡躲過一夜，以後的日子以後再做打算。」村長頻頻擦拭老淚。

凌葛上前一步。

「村長，實不相瞞，我等其實是宋涼兩國的士兵，欲送涼國公主到京城和親。

如今這等強人打劫的事被我們遇上了，不能不理。村長且先叫全村稍安勿躁，待眾位軍爺們商量過後，再告知村民應該如何做，我們一定護得全村周全。」

「是嗎？是嗎……」村長幾乎不敢相信自己的耳朵。

「黃軍，」凌葛喚來一個比較機靈的家國侍衛。「你讓眾弟兄回去安撫各家村民，千萬莫讓他們在黑夜中亂跑，一會兒自會有令傳下，告訴你們該怎麼做。」

黃軍平時跟在他們旁邊久了，知道這位凌姑娘是個有心計的人，在幾位大哥跟前很說得上話。他不敢怠慢，應了一聲立刻去辦。

「走！」林諾拎起陸三的後領往屋子裡拖。

陸三身材其實挺修長，偏偏被魁梧的林諾一拎就像老鷹抓小雞，只能跌跌撞撞地進去。

身後門板一閉，林諾粗魯地將他摜在地上，楊常年立刻補上一拳。趙虎頭只是跟在後頭，沒有出聲，雙眼卻緊緊盯住他。

「各位不分青紅皂白，就想動用私刑麼？」陸三拭了拭破裂的嘴角，苦笑道。

凌葛只是雙手盤起，冷冷地看著他。

幾個大男人的臉色都很陰沈。

論行軍打仗，他們以一當十也不放在眼裡，何況區區數十個盜賊？可現下還有公主與凌葛兩人，以及全村百姓的身家性命必須顧慮；這場禍事是因他們而起，若有百姓被誤傷，甚或家園盡毀，良心如何過意得去？

「你眞的以爲我們會相信，黑風寨幾年不來打擾村民，如今我們前腳一到，他們後腳就來，會跟你一點關係也沒有？」凌葛輕輕挑起嘴角。

陸三跳站起來，眸底一片冷意。

「你們信也罷，不信也罷。男子漢大丈夫出來江湖闖盪，橫死異鄉也怨不得別人，然則這些平民百姓卻是無辜的。在下決意留下來保護村民，那幫強盜能殺幾個是幾個。以諸位之能，護著公主衝出去不是難事，就此別過！」

「要你在這裡逞英雄！」楊常年大怒，衝過去又要打人，林諾抬起一臂將他攔下。

凌葛涼涼地看了他好久。

「好吧，再信你一次。」她終於說。

「凌姑娘……」楊常年急了。

趙虎頭在他肩頭一按，輕輕搖了搖頭。楊常年只得長嘆一聲，暫時作罷。

「你們去找一個對山形地勢熟悉的人過來。」她道。

不多時，一位老村民被找了來，幾個人細細詢問他跟黑風寨有關的事，以及附近的地理環境，問完之後再讓人送他回家。

凌葛把桌子清空，用炭塊大致畫了一下地形。

他們能打的人只有十七個人，卻要對付七十幾個強盜，這就像一頭訓練有素的猛虎對上一群猴猻。老虎雖然凶猛，猴猻卻贏在勢眾，只要牠們一擁而上，老虎再強也難以抵禦。

「我們唯一的勝算，是分化他們的力量。」凌葛將自己想好的戰略，一一攤在眾人眼前。

趙虎頭靜靜聽她說完，忽然而笑。

「趙統領若是有話，但說不妨。」凌葛一雙妙目投了過來。

「沒有。這樣很好。」趙虎頭搖了搖頭。

他不若其他四人有過一同逃出陳國的經歷，素知凌葛長於謀算。他其實一直抓不準這位凌姑娘的身分，她就算是「宋國新虎」的姊姊，也不過是一名家眷。只因楊常年對她極是敬重，他便客隨主便，對凌葛待之以禮。

後來她出手教訓涼國二宮婢，他雖感不滿，然二婢姿態確實太過，也就沒有多說什麼。

直至遇襲之夜，他見她醫術精巧，識見頗爲不凡，不若一般女流，總算稍稍放在心上，可對她的底細也還摸不清楚。通常他對摸不清楚之事，便益發寡言，先隨著眾意而行，私底下暗自觀察。

如今見她在倉促之間竟然已謀劃妥當，一步接著一步，一招套著一招，心計之深，果然不同凡響，他才明白林諾等人爲何如此聽從於她。

接著林、楊、趙、陸四人各自提出自己的想法，眾人再沙盤推演一番，終於定案。

此時，門口突然響起砰砰的敲門聲，公主在一旁連忙開了。

張鐵匠懷中抱著一個布包，匆匆走進來。

「大爺，你要的東西，小老兒已經給你做好了。聽說幾位大爺今晚要帶兵去打強盜窩，這東西或許派得上用場。」

林諾接過來，一一將每個部件翻看一下。

通常新做好的武器一定需要校準，然而事出緊急，現在也只能先用一用。幸好弩的優點就是它不需要像弓箭那般精準，就能達成一定的殺傷力。

張鐵匠再奉上林諾訂做的一束箭。這些弩箭是用鋪子裡現成的箭改的，總共有二十五枝，暫時夠用了。

陸三好奇地湊過來看，楊常年給他一個大白眼，手肘一頂把他頂到後面去。

林諾謝過張鐵匠，讓人送他回去。

他們又討論了一下，時間已經來到亥時。

「每個人都知道該怎麼做了？」凌葛看看面前的四張臉。

四個人同時點頭。

「好，現在來分工。」她根據每個人的長項，一一指派各人應該負責的事。分派到最後，她對陸三笑了一笑。「陸三就跟我一道好了。」

『No!』

「不行！」

「凌姑娘！」

林諾、趙虎頭、楊常年三人同時出聲。陸三攤攤手，對她無奈而笑。

「你們每個人的工作都是依據你們的專長，一旦更動效果便大打折扣。這一路需要的是精明狡詐的人，正適合我和陸三。」

陸三一聽自己被歸類爲「精明狡詐」，只能連連苦笑。

「這個人居心不良，倘若我們一轉身，他就對妳和公主不利呢？」楊常年爭辯。

「他現在對我不利沒什麼好處，不過楊大哥顧慮得對，公主便和趙統領一起走好了。」

眾人又一番抗議。

「我要幫忙！」公主往桌前一站。

凌葛看她一眼。「一旦開打，會有許許多多的死人，妳不怕嗎？」

「我不怕，我要幫忙！」她堅定地道。

「其實，倒是有一件事妳能做，只是這件事眞的很可怕很可怕，妳撐得住嗎？」凌葛正色道。

「我可以的，凌姑娘妳信我，我一定不怕！」公主昂起下巴，神情更加堅毅。

凌葛點點頭。「好，需要妳負責的事情是……」

她低聲一說完，公主臉色發白，不過依然勇敢地點點頭。

「好！我一定辦到。」

『Grace……』林諾開口。

凌葛舉起手，不讓他多說。

「就這樣說定了，大家分頭進行自己的任務吧！不要再浪費時間。全村人的性命，都指望在我們身上。」

林諾明白這時說話的是他的頂頭上司，葛芮絲．凡德中尉，而不是他姊姊。

他嘆了口氣，點頭奉令。

楊常年等人只能作罷，心不甘情不願地出門。

林諾走在最後一個。

當她踏出門外，林諾盤著雙手，靠在門邊等著她。

『妳不認爲公主是他的目標。』他說。

『我認爲公主是他的目標，之一。』

只是之一。

『爲什麼？』林諾深陷的眉目漸漸鎖緊。

『因爲他想抓我。』

林諾一怔。他的腦子把遇襲那夜的情景演過一遍。

當時凌葛燃起營火，陸三命令黑衣人撤退，凌葛認出了他的聲音。凌葛站的位置其實離他比較遠，公主反而較近，他卻是伸手抓向凌葛，而不是公主。

爲什麼？

林諾眼神一硬。

『妳也是他的目標。』

凌葛嬌豔的笑容不變，眼底的冷意卻和弟弟一模一樣。

『我倒想瞧瞧他在玩什麼把戲。』

9

寅時整。

黑風寨主成勝天領著六十一名手下，浩浩蕩蕩從林間奔出，踏上小村的石板路。

六十一匹馬的蹄子踩在石板路上，踢踢躂躂在山谷中震出陣陣回響。

成勝天幹這沒本錢的買賣已經十一年了。初時他只是一個小地痞，身上帶了幾條案子無處可躲，又怕被官府抓去，索性加入軍營裡。

本想著趁天下大亂，多殺幾個人，立大功升大官，怎想他一次休假時不慎喝多了幾杯，將一個漁家女誤當成婊子給強上了，結果他的校尉綁了他要依軍法嚴辦。他心裡不服，趁那校尉不備搶下他的刀，將那校尉給殺了，自營中逃走，此後他一直幹著偷竊打劫的勾當。

世道亂的好處就是和他志同道合的人多，不到五年，他已經成了一股不小的勢力，在渚州以南一代劫掠。

他們那時專挑眼前這種小村子作案。由於村裡男丁稀少，村民大多不敢反抗，官府又距離得遠，他們幹完一票也沒人會來管事。

他們通常是這樣幹的——

派個前哨到村裡嚷一聲：「今夜幾時幾刻大爺們要來打劫，值錢的東西留下來，否則一把火燒光。」村民一聽便爭先恐後逃了，他們輕輕鬆鬆將滿村的財物入袋，連打都不太需要打。

少數遇到有男丁反抗的，他們擒了來，三兩下便殺了，開膛剖腹高懸在村口立威。就這樣幹了幾票之後，他們的名聲越來越大，害怕的村民越來越多，他們搶得越來越容易。

偶爾寨上的弟兄覺得無聊，想抓些娘兒們來耍玩，他們就趁夜摸黑端了一個村子，所得的金錢女子大家均分淫樂。

三年前，有人報信給他，說這片黃岐山地勢險峻，易守而難攻，很適合他們立寨爲王。他聽了領了一票兄弟過來查看，果然如此。

黃岐山從中分爲兩半，西邊的那一半叫西山，東邊的這一半叫東山。由於斷崖險峻，山裡只有一個地方有木橋。從許止那頭要過到東山這頭，只能走那座橋，否則便得多走幾百里路下到山腳下的村子。他們只需守在唯一的山路上，過往商旅都成了他們的甕中之鱉。

本來他們也下山來搶過這個村子，可整個村子實在窮到掉漆，還不如留在山上搶路人，最後他們索性不下來了。

昨天寨裡盯梢的探子回報，山上的木橋斷了，有一隊二十來人的商旅正從對岸下到村子裡。這二十騎個個行囊鼓鼓的，鐵定帶了不少值錢的東西，更別提隊上還有兩個嬌滴滴的姑娘。寨上的弟兄一聽說，口裡都發涎了。

探子又報，那隊人馬今晚看似借宿在村子裡。成勝天一聽，現成的肥羊上桌，哪有不吃的道理？

他心想對方既有二十人，他帶了六十人下來，足足是對方的三倍，就算天皇老子來也被他們打趴了。

成勝天信心滿滿，六十人聲勢赫赫地停在村子口。

村子裡只有十字形的兩條道路。此時每條路的兩旁，每隔一丈就立著一根火把，將整個村子照得明晃晃，路旁民家卻黑燈瞎火，再無任何聲響。

「眾肥羊們乖乖把金銀財寶交出來，兩娘兒們奉上，本寨主今晚饒你們不死，否則……嘿嘿！」

嘿嘿、嘿嘿、嘿嘿……回音在山谷裡飄盪開來。

等了片刻，村中依然杳無聲息。

他的副手王世寶騎到他身邊來。

「老大，看起來好像沒人？」

自下午通告之後，他們的探子一直在高處監視整個村落。

村子整個晚上都沒掌燈，黑漆漆的，也沒看見村民出逃的模樣，可見村民應該都還在村子裡。到了丑時，街上的火把一支一支亮起來了，可村子裡依然非常平靜，沒有人出來行走。

「呸，老子倒要看他們能躲到哪裡去！」成勝天舉手一揮，身後的六十騎跟著他一起騎往村子中央。

他停在十字路交叉口，朗聲再喊一次：

「他奶奶的，你們還不主動把財物交出來，難道要老子放火燒屋麼？」

村中依舊靜寂無聲。

突然間——

交叉路口那四支火把同時熄滅。

接著以此爲起點，後面的每支火把啪、啪、啪、啪逐一熄滅，間隔整齊，就好像他們看不見的人，一支支沿路弄熄一般。

當四個街尾、最後八支火把一起熄滅時，全村的屋子突然同一時間亮了起來。

群盜吃了一驚，原地打轉了好幾圈。

全村依然無聲。

「老大，這、這……好像有點兒古怪。」王世寶湊到他旁邊低語。

成勝天轟了他一巴掌。

「也不過就幾支火把蠟燭而已，有什麼古怪的？難道他們還能同時滅了全村的燈不成？」

他話一出口，全村剛亮起來的窗戶竟然同時滅掉。

群盜登時嘩然。

黑風寨在此處據山爲王已久，對地勢瞭若指掌。無論攻之以人，或攻之以地，我們都吃虧。

唯一之計，只有攻之以心。

好幾個膽子小的，登時亂了起來。整個村子看似一個人都沒有，燈火卻會自燃自滅，這……這可不是鬧鬼了麼？

「老大……我看有點邪門！」

他們平時多行不義，最忌諱鬼神之事。

「我呸！」成勝天把身旁的嘍囉一腳踢下馬。「屋子裡躲了人在那裡裝神弄鬼，不會看麼？去給我一間間搜，把所有人都拖出來，老子先殺他幾個立立威！」

群盜聽了，恍然大悟，膽子又壯了起來。

沒錯，一定是有人躲在屋子裡，聽到他們老大說的話，故意把燈滅了。

他們凶神惡煞地衝進幾間民居裡，亂打亂砸一番。半晌每個人出來，卻是個個兩手空空，一個村民都沒見著。

「老大，這……真沒人哪！」王世寶實是丈二金鋼摸不著腦袋。

「老大，村子裡的人就算躲起來了，也該有些牛羊豬狗。再不成，那群肥羊騎來的馬也該停在院子裡，怎麼、怎麼咱們進村子到現在，連聲狗吠都沒聽到？」

這囉嘍一說，聽到的人全都靜了下來。

聲音是最能擾亂人心的。極端的吵雜與極端的寂靜，都會讓人產生不安感。

是啊！從他們進村到現在，除了他們自己弄出來的聲響，再未聽見任何聲音。當然山裡的蟲鳴夜鳥之聲依然在耳，卻是一點跟「人」有關的聲息都無。

成勝天心裡開始古怪起來，可在手下面前，卻不能展露懼色。

他惱羞成怒，一巴掌拍飛另一個囉嘍。

「去！把整個村子給我燒了！我看他們還能躲到什麼時候！」

十幾個人應了，分頭去找柴火。找了半天，十幾個人騎了回來，滿臉異樣。

「老大，村子裡連根柴火都沒有。」一名手下稟報。

「這些人又不是成了仙，都不用燒柴煮飯，怎會連根柴火都沒有？」成勝天怒道。

「老大，眞是一根柴火都找不到啊！」手下哭喪著臉道。

剛才他們翻遍了幾間民居的柴堆灶頭，連根薪柴都沒見到。

轟！村子東北角忽地升起沖天大火。

「嘩——」幾個嘍囉驚叫出聲。

「走！」成勝天怒喝，所有人一起衝向火光之處。

一片兩、三人高的柴薪堆在空地中央，像座小山一樣，似乎全村的柴火都堆來此處了。

不知是誰將整堆柴火引燃，熊熊烈火染紅了夜色，熱度驚人。眾盜被強烈的火光暈花了眼，人人倒退好幾步，一時無法近前。

此時，在他們方才站過的十字路附近，突然忽爾響起一陣淒婉的女子歌聲——

「誰憐我三歲喪了母，四歲喪了父；十六歲嫁得那兒郎，流連歡場，不憐妾身，竟欲把我休。嗚呼，命哀無處訴，一段草繩一段樑，滿腹冤曲同那閻王講……」

這是現下最時興的戲曲〈新婦冤〉，這一段唱到那新婦上吊自殺，接下來就是新婦魂魄不甘，回到陽世找丈夫討公道。

幾十個大男人在暗夜裡聽著這哀婉歌聲，不由得打了個哆嗦。

「走！」成勝天招了人又回頭往來處衝去。

到了交錯路口，依然什麼都沒有。

「爹娘心狠，竟把女兒火坑送。鴇母那燭火兒燙，那燭油兒澆，疼得我翻地打滾無人救，掙的錢兒少了又是一頓抽。

「哎唷待我年老色衰又是怎生好？莫非眞要找個井兒往裡投……」

幽幽淒聲又響了起來。這回卻是在村子的另一頭，往西山過去的那一面。

「老大，有鬼！眞的有鬼！」

「胡扯，世間哪裡有鬼！」

「若不是鬼，怎麼會一下子在這頭，一下子在那頭？用翅膀飛的都沒有這般快。」

「是啊，火把會自己滅了，燭火會自己亮起來……」

「對對，柴薪怎麼會沒事自己長腳堆成一堆？還自己燒了起來……」

「呸！我說沒鬼就是沒鬼！」成勝天一把揪過他的心腹。「馮望、陳滿天，你們兩個帶一半兄弟到往西山去瞧瞧。那堆衰人一定躲在山裡面搞鬼。你們找著了人不用客氣，通通殺光！」

馮望、陳滿天互相對看一眼。老大性格暴戾，倘若不聽話，只怕他們自己先就給殺了。兩人不敢違逆，只得硬著頭皮領命。

三十人拿著十幾支火把，一股作氣衝進山裡。

✶

馮望及陳滿天心裡賭咒著。

每次這種難幹的差使都叫他們去，事後分的錢也沒比別人多。

三十人一起騎向森林裡。不知是不是因爲害怕，每人都騎得很近，不一會兒就全擠在一起，誰都快不了。

「唑！你騎過去一點，一直擠過來幹什麼？」一個盜賊大聲吆喝壯膽。

「你不怕你怎麼不先衝？」被罵的人唾了口唾沫。

「……寨主若不怕，幹嘛不自己來呢？」不知是誰低低抱怨了一聲。

所有人都靜了一靜。

「好了，張大眼睛，鐵定是有人在林子裡裝神弄鬼，大家招子放亮一點，別著了道兒。」馮望清了清喉嚨大喊。

爲什麼林子裡有人裝神弄鬼，卻是在村子裡出現異狀？這問題人人心頭升起，可都不敢訴之於口。

寅夜中的森林枝搖葉擺，影影綽綽，此時看來都像是一個個張牙舞爪的精怪。林間深處忽地響起一聲夜梟哀鳴，如泣如訴，更讓人心驚膽跳。

「咕咕——」

突然一隻龐然大物飛撲而來，馮望嚇得抽刀一陣亂揮。那物落到地上，卻是一隻母雞。

「是母雞。」陳滿天好心告訴他。

「廢、廢話！我會不知道那是母雞嗎？」馮望老羞成怒。

「這是家養的雞啊，怎麼會深更半夜跑到林子裡來？」有人突然說。

眾盜靜了下來，同時盯住那隻母雞。

「咳！母雞就母雞，沒什麼好看的，大夥兒散開，各自進林子裡找找有什麼可疑之人沒有。」陳滿天清清喉嚨。

一群人登時分為四股人，每股人各挑了一個方向散了開來。

「喂，咱們搜路口的這頭。」馮望生得雖然粗豪，膽子卻極小，一心想找理由溜回村子裡去。

他這一股人應了一聲，策馬往他走過來。

忽地，眾盜不約而同停了下來，神情古怪地盯住他。

「你……你們看什麼？」馮望被他們盯得毛毛的。

眾人的眼神越發古怪。

「你、你們一直看著我做啥？」他低吼。

眾人的眼神直直落在他……的背後。

馮望頭皮發麻，不得不大著膽子回頭一望。

沒什麼啊！就是樹的影子而已！幾段粗大的樹藤自樹幹垂了來，被夜風一吹，隨著風勢微微搖晃，乍看像隻巨大的蝙蝠倒掛在樹上。

「走走走，樹藤子，沒什麼好看的。」他嚷嚷完，正要回頭，忽然發現那樹藤又晃了起來。

不只晃起來，還越垂越長，越垂越長……

最後樹藤離地只剩下不到一尺。而且，樹藤下來，中間也該是空的，可以看透過去，爲什麼這段樹藤垂下來之後，整片都是黑壓壓的？

忽地，那片倒掛的影子一張，一雙晶光四射的眼睛對住他。

「……」馮望腳下的馬顚了幾步，他自己只能直直和那雙眼對望，什麼話都說不出來。

他極慢極慢地回頭，喉嚨沙啞難當。

「你……們……」

他的話說不完。因爲他看見自己同伴的身後，也紛紛垂下幾串「樹藤」。

馮望嘴巴大張，卻再也發不出聲音。

一雙大掌自後扣住他的頸子，「喀喇」一響。接著，好幾聲「喀喇」「喀喇」的聲響，從他的同伴頸間傳來。

他軟軟地摔下馬來，在人間最後一眼，是一個面目漆黑雄壯如山的惡鬼對他獰笑……

★

成勝天等了許久，進去林子裡的人都沒有回來。

他帶人騎回十字路中央，緊緊盯著通往西山的路口，彷彿如此就能將馮望等人望回來一般。

驀地，路旁一扇大門「吱呀」一聲，自行往內滑開。

「啊！」離得最近的盜賊嚇得跌下馬。

「怕什麼？過去看看！」成勝天揪起他衣服一把摔出去。

那人渾身發抖，慢慢捱到門口一看。

「鬼——吊死鬼！吊死鬼……」他連滾帶爬回來，死死抱著成勝天的腳不放。

「老大，有吊死鬼！」

你們知道虧心事做多的人最怕什麼嗎？

最怕鬼。

另一名盜賊大著膽子過去一探，神色大變。

只見一個人形吊在橫樑上，正幽幽蕩蕩地搖晃著。

他打了個寒顫，連忙跑了回來。

「老大，好像……好像有個人吊死在裡頭。」

忽地，另外兩扇門也自己幽幽地開了……

剩下的人不由自主退了一大步，那黑洞洞的門口猶如一張大嘴，隨時會將他們吞噬進去。

喀嘍、喀嘍、喀嘍——

眾盜又驚跳起來。

通往西山的那條山路，突然有顆圓圓的物事向他們滾了過來。

接著，第二顆，第三顆——

「馮馮馮、馮望！是馮望！是馮望的腦袋！」一名嘍囉看清了那顆圓球，抖著手指大喊。

「王天賜！」

「陳二毛！是陳二毛！」

滾進來的每顆腦袋都是剛才進西山去的同件。

群盜嘩然，所有人登時亂了，馬匹感受到主人的驚恐，不安地嘶鳴亂轉，讓場面加倍混亂。

喀嘍喀嘍，十多顆腦袋不斷滾進來。

嗚……嗚……我們死得好慘啊……

嗚……爲什麼逼我們走上絕路啊……

嗚……我不要上吊，我不想死啊……

成勝天……你還我命來，還我命來……

納命來，納命來……

一陣陣悲慘的哀哭，忽高忽低，忽泣忽笑，順著夜風從西山裡飄過來。

「嗚呼，一段草繩一段樑，滿腹冤曲同那閻王講……一段草繩一段樑，滿腹冤曲同那閻王講……」

女子的淒涼歌聲混在那陣哭聲之中。

「老老老、老大，村子裡的人給咱們嚇得都都都、都跑去上吊……這廂來索命了……」

群盜臉色青白。他們平時殺人放火不當回事，可如今眞正撞了鬼，以前做過的虧心事都一一來索他們的命。

成勝天吞了口口水。

「胡、胡說！世界上哪有鬼？不、不過這群匹夫匹婦既、既然知道要怕，自己……自己死絕了，咱們也沒什麼好搶的。回去吧！」

群盜就等他這句話，迫不及待地調轉馬頭，卻見來時的山頭突然映成一片暗紅。

眾人一愣，那片暗紅越來越亮，熊熊焰火驀地從樹頂竄了出頭。

「失火了！失火了！寨子裡失……火……」喊叫的人突兀地頓住。

他旁邊的人莫名其妙地看他一眼。

叫喊的人慢慢低頭，看向自己的胸口。他的胸口有一圈深色印子，正在慢慢暈染擴大。

他抬起頭，神色古怪之至，然後砰一聲摔下馬。

騎在他身邊的盜賊大吃一驚，他的背心有一枝黑色的箭兀自輕顫。

咻、咻、咻咻咻——

每一聲過去，就有一名賊子從馬上摔下。頃刻間，三十人只剩下七、八人坐在馬上。

成勝天駭然失色。

一個全身漆黑的鬼魅從在右首屋頂上緩緩立起，手中舉著弓弩對準他們。

咻！那弩又射出一箭，另一個人倒下。

接著，七、八隻同樣漆黑猙獰的惡鬼一一從兩側屋頂冒了出來。

「……」成勝天出不了聲，手指對住他們。

那七、八隻惡鬼撲了下來。

成勝天呆呆地立在原地。

周圍的呻吟、嘶喊、痛叫，血花亂飛，猶如在夢中，他彷彿站在一個極近極近、卻又極遠極遠之處，看著他的同伴在他的身旁死去，他的基業在他身後烈烈焚燒，他的一切化爲烏有。

一抹清清淡淡的白衣女子從村口飄了過來，停在不遠處。她長髮披肩，面容清冷，月色溶溶，更襯得她一身淒厲冷豔。

「一段草繩一段樑，滿腹冤曲同那閻王講……」白衣女子輕輕哼唱兩句，然後，對他頑皮一笑。

成勝天打個激凌。他最先看見的那隻惡鬼自屋頂飄下來，落地幾近無聲。如此龐然的身形怎會如此輕巧？此人必是鬼魅無遺。

那鬼魅卻有著一隻熱騰騰的大掌，扣住他的腳一把拽下馬來。

白衣女子走到他身旁，盯著他的脖頸半晌，忽地將他的領口略略翻低了來看，她冰涼的指尖碰到他的肌膚時，成勝天打了一個寒顫。

白衣女子挺起身，若有所思。

「我要活口。」

10

黎明之前，楊常年帶著一身骯髒與一干弟兄們凱旋而回。

楊常年一見凌葛便喜滋滋地道：「凌姑娘，妳料得分毫不差，寨子裡只剩下十幾個老弱殘兵，和一些婦孺小兒。我們分著幾處放火，把整個寨子燒得七七八八；幾個頑強的，老子捉來一刀砍了。那些被擄來的婦人，我照了林兄弟的意思，想回家的便從庫房裡拿點銀錢給她們回家，無處可去的便叫白天她們帶了孩子下山來，請村長安頓。」

他笑得極之「明媚」，陸三都不禁打個寒顫。「楊大哥，殺人放火原來這般有趣麼？莫怪乎黑風寨樂此不疲。」

「誰是你大哥？」楊常年給他老大一個白眼，再轉向林諾又是喜滋滋地說：「林兄弟，咱最近被這些個白眼狼逼得憋手憋腳，悶得狠了！難得今晚痛痛快快打了一架，眞是心舒脾爽啊！」

凌葛姊弟都笑了起來。

以前她在心戰部就是專門做這種戰略分析的事，現在不過是幹起老本行來。

一開始凌葛便明白，以十七敵七十，不分化敵方戰力肯定難以抵敵，然而敵人戰力被分化，就表示他們自己的人也同時必須分開來對付，於是如何將每個人用在他最適切的地方，就是這場仗成功的關鍵。

凌葛的盤算：橋既然斷了，唯一能過到另一頭的方式唯有穿過村落，而村民都說黑風寨這幾日並未有人下山，所以她合理推斷黑風寨的人都還留在東山這一面，他們的探子必然是從河谷的這一岸監視送嫁隊伍的行蹤。

如此一來，他們解了被前後包夾的危險，西山深林反而變成他們可以利用的第二戰場。

這時她就很慶幸這是一個科技不發達的時代，因此黑風寨不會有夜視鏡、熱感應儀、行動偵測器，這些探子一定看不見他們在黑暗中的行動。

她先令全村不得掌燈，然後讓所有人幫她準備好村裡的機關。

林諾習於巷戰及叢林戰，西山森林這一路完全是他的專長。這一路需要比較高的格鬥技巧，於是她讓他帶著六名宋軍與二名涼軍，換上黑衣，手臉露出來的皮膚都以煤污炭粉塗黑，然後悄悄潛入森林裡埋伏。

趙虎頭精於護衛，她讓他領著兩名涼軍，摸黑將村民帶到溪谷之中，這一夜便躲在溪谷裡。

比較困難的是如何安頓全村的家禽家畜，讓牠們不發出聲響。

黃軍知悉他們的計畫後，提出一個很實際的建議：

「讓村民們將雞鴨都抓起來，撤退時全放到溪谷裡去，人再找個安全的地方躲起來，想要雞的人明天天亮自己去抓。現下是要命不要雞啊！至於豬羊狗牛，拖到隱密的地方，用蒙汗藥全放倒也就是了。」

凌葛想起自己手邊正好有從岐芴後山摘來的黃蔓，於是家禽家畜的問題就這樣解決掉。

接著處理賊窩的事。

除惡務盡，否則他們離去之後，村民就成了餘匪報復洩憤的對象。

凌葛想：黑風寨主定然是將能手一起帶下山，寨子裡留下的人不會太難對付，這一路交給楊常年負責再適合不過。他擅長攻打征戰，以少勝多對他來說是兵家長事，更何況他們是訓練有素的正規軍對上老弱殘兵？於是楊常年負責領餘的宋淙軍衛，主攻黑風寨老巢。

只是他出手的時間不能太早也不能太晚。若出手太早，村子這頭尚未成事，若是太晚，成勝天已然撤退回山，他這一路都會有危險。

爲此，凌葛與他約定好，當他們從山上看到村子裡亮起熊熊大火時，再等兩炷香，然後就動手。

最後就是整齣劇碼的重頭戲——村子。

裝鬼嚇人也是一種心理戰術。所有心理戰術的基本要件都一樣：第一印象永遠是最重要的。

只要一出手先把對方嚇住，後面的佈置就事半功倍。

於是她有了玩弄燈火的那一招。

箇中巧妙，說穿了一點都不稀奇。

路旁的火把是用鐵棒綁著沾了豬油的布在燃燒，她先算好時間間距，每支火把纏的油布都比前一把多一點。火把點燃之後，油布燃燒到底，自然逐一熄滅。

房子裡的燈同樣簡單。她先測量一下線香燃燒的時間，然後要眾侍衛到屋子裡點燃計算好長度的線香，架在燭芯上面。線香的一點點紅光從屋外根本看不出來，而線香燒到燭芯時燭火立刻點燃。

她算好蠟油的量，只放一點點，因此當蠟油一燒完，所有的燭火便同時熄滅。只是因爲時間精算得巧妙，看起來便像所有燈火自燃自滅一般。

這一招果然把群盜唬得一愣一愣，心中開始覺得不安。

接下來的柴堆自己引燃，屋門無聲自開，就全都是陸三的手筆。他的步履輕巧，換上夜行衣在黑暗中倏來倏去，果然一點行跡也無。

林諾還不忘酸他一句：「只不過幹你老本行，再簡單不過。」陸三完全充作聽不懂。

民居裡的那些吊死鬼只是稻草人而已，加強群盜心中的壓力。

當他們的不安到達頂點時，公主和她的戲分就上場了。

她們一人在東一人在西，負責裝鬼唱歌。

靜夜中，聲音傳得極遠，中氣不足的公主歌聲更是飄忽陰森。

一旦一個人的不安達到極致，他會強迫自己做一些事來解除他的不安。軟弱的人會選擇轉身就逃，像成勝天這種人一定會選擇進攻。

可是他不會自己去攻，因爲他也怕，所以一定會撥一部分的人力進森林裡查看，她想要的分化目的便達到了。

林諾與帶去的六個宋軍皆能以一擋十，兩名涼國禁軍雖然稍弱，一個人打五個也不成問題，於是他們一一追蹤收拾，藉助夜色之便，以及群盜心中已有的恐懼感，三十個盜匪沒花太多力氣便收拾掉。

凌葛要公主做的「很可怕、很可怕」的事，不是陪她一起裝鬼，而是接下來的這件事——

林諾等人殺了林子裡的盜賊之後，必須趕回村中對付剩下來的盜賊。可以說這六十人都仰賴在林諾這一路身上。也因此，持續對剩下來的人施加心理壓力極端必要。

她要林諾一路將林中盜賊的腦袋砍下來，用麻袋子裝了來到山道口。那個躲在暗處把頭顱往村內滾的人，就是公主。

「我讓黃軍去做吧！」林諾一聽完她的話，不等滿臉雪白的公主搭話，已經開口。

「你們的人力已經夠有限，你有辦法再分出一個人來做這件簡單的事嗎？」凌葛冷道。

公主一聽，咬牙一挺胸。「我來！」

她還眞硬著頭皮完成了。

從一個看到血就花容失色的姑娘，到兩手拿起死人腦袋在地上滾，這中間的進展不可謂不大，凌葛不禁對她刮目相看。

林諾的新弩一口氣撂倒十幾個人，接下來的通通好辦了，一個堂堂黑風寨就此煙消雲散。

其實，該如何處治剩下的那些老弱婦孺，讓凌葛頗爲頭痛。

她絕不認爲老弱或婦人就沒有威脅性。

她是婦人，她就很有威脅性。

然而，「把人全殺了」這種話，別說林諾聽到第一個跟她翻臉，她的良心尚未泯滅到這個地步。

最後，在楊常年出門之前，她將他拉到一邊，低聲交代：「壯盛有力的男丁……楊大哥，你看著辦吧！」

楊常年愣了一下，隨即明白她的意思，嚴肅地點點頭出去了。

後來被楊常年及後來趕去接應的林諾帶下山的，果然都是婦人小兒，沒半個男人。

這些婦孺要如何安置是一個問題。最合理的作法是他們啓程之時，順道把所有人一起押到最近的衙門去聽候發落，然而官府最有可能的作法是把她們以從犯、盜眷之名，通通流放。她們大多是被擄來的女人，失了貞節以至於只能委身賊子，大家都是可憐人。

最後才有林諾提議的，願意回家的就從賊窩裡撥些銀錢給她們，無處可去的就留在村子裡。

村長不念舊惡，幫忙安頓了這些孤兒寡母。

目前僅剩下一個最重要的人——

林諾走到凌葛身邊，兩人一起望著街尾那間廢棄的工寮。

此時工寮的門上落了兩層重鎖，窗片上掩，門口站了兩名宋衛看守。

公主遠遠見到他們兩人，快步走過來。

『妳在他身上看到什麼？』林諾的嗓音飄進她耳裡。

『歐本做完實驗之後，多數實驗體都會被他銷毀，只有少數的人能活下來。』

『爲什麼？』林諾習慣性地皺起眉頭。

公主好奇地聽著他們兩人說著嘰哩咕嚕話。

『誰知道？或許他心情好，或許有些實驗體想他多觀察一陣子。』凌葛深思道：『這些活下來的人，歐本會在他們身上留下印記，通常是一個彎彎的月亮上面有顆星星。他的妻子露娜的名字就是月亮之意，他的女兒愛絲特則是星星之意。』

「他把他死去妻子和女兒的名字烙在受試者的身上？」林諾不可思議地問。

「我說過了，他的幽默感相當詭異。」凌葛聳了聳肩。「或許在他扭曲的思想裡，他做的這些事都是爲了他的妻子女兒。」

公主發覺，即使他們改用她聽得懂的話，她依然聽不懂他們在說什麼。

「成勝天身上有這種印記？」林諾沈下臉。

凌葛點了點頭。

林諾深陷的眼眸一硬。

「那，我們進去找他談談。」

「你們要去審那成勝天嗎？」公主聽了有些害怕。

楊常年與趙虎頭正好走近，聽見公主的話，立刻加快步伐過來。

「公主，這等難看場面，您還是避遠一些。一會兒咱們問完了話，了結這個強盜頭子，就該上路了。」楊常年道。

公主怔怔看林諾一眼，林諾對她點點頭，她臉色發白地走回民家去。

成勝天的精神挺不錯。

凌葛等人走進烏漆抹黑的屋子裡，被五花大綁的成勝天立刻破口大罵：

「他奶奶的，要麼就賞老子一個痛快，拖拖拉拉的算什麼英雄？你們送個娘們來，莫不是讓老子上路前先爽快兩下？也好，讓老子騎她兩次，也好讓她知道什麼叫眞男人！」

待精神一復，他知道自己是著了人家的道了。原本出來做沒本錢買賣，遲早會有這一天，他也沒什麼在怕的。

他情知絕無生路，故意說話猥瑣難聽，激得這群人一刀子結果了他，省得零碎受苦。

林諾一拳擊在他胃上，成勝天彎下身乾嘔兩下，好半晌作不得聲。

凌葛點燃一盞油燈，命人關上門，然後將油燈放在桌上，自己坐下。

「我有話問你。」

「操你娘的，老子……」

砰！林諾一拳擊在同一個地方，這次成勝天嘔出一口酸水。

「聽她說完。」林諾冰冷的言語與他火熱的拳頭完全對比。

「你可以乖乖說，也可以讓我們花很多時間問。當然，我們花的時間越多，你只是越受苦而已。」凌葛的嗓音清涼冷淡。

「如果老子說了……」成勝天的心頭升起一絲求生之意。

「不可能。」她還是用那輕飄飄的語氣，給他一個極淡的笑。「你自己也知道惡貫滿盈，我們一定得殺你，差別只是你可以死得很痛快，也可以死得很痛苦。」

成勝天心頭一狠。

「既然如此，沒什麼好說的！這一生從沒人幫過老子，老子也不必幫你們，要殺就殺，是男子漢大丈夫就給個痛快！」

「可我不是男子漢大丈夫。」她輕輕一笑。

她帶笑的眼睛，有著說不出的殘忍，成勝天突然背心一涼。

「林諾，我們有什麼方法？」凌葛依然看著他，揚聲問道。

「我們可以不讓他睡覺，用噪音干擾、倒吊、鞭打，或者將他關在伸手不見五指的地洞裡，他遲早會崩潰。」林諾如鐵塔般立在她身後，兩手盤胸。

「這些都太花時間了。」她輕輕地道：「楊大哥，你說呢？」

楊常年哈哈一笑。「林諾，你那算什麼逼供呢？要問話讓我來就對了，以前軍營裡抓到奸細，老子還沒有問不出底細的。」

趙虎頭用他一貫的沈靜語調開口：「涼國禁衛軍也有一些手法，只是血腥了些，怕凌姑娘看了害怕。」

成勝天輪流看著他們幾個男人，臉色微微發白，卻依然強硬不屈。

凌葛點點頭，慢慢站起來。

「那就麻煩兩位大哥了。等他願意說話之時，再叫我回來。我們時間不多，不用客氣，只要還留著一張嘴能說話，任何方法都隨意。」

說完，她飄然而出。

工寮的門在她身後關上。

公主不知何時又回到街上來。凌葛看她一眼，繼續走向寄宿的民宅去。

不久，工寮裡傳出一些奇奇怪怪的聲音，接著就是成勝天慘叫的聲音，公主掩住耳朵，匆匆逃到凌葛身畔。

「怕了？」凌葛依然慢悠悠地走著。

公主呼了口氣，把欲嘔之感硬捺回去。

「凌姊姊不怕嗎？」

爲什麼「凌姑娘」自動變成「凌姊姊」……

「前幾次會怕，後來就習慣了。」她淡淡道。

「凌姊姊，妳……看過很多次嗎？」

凌葛靜默半晌。「在我的國家，律法並不允許逼供刑求。」

「那爲什麼……」

「所以有些監獄就蓋在我國律法管不到的地方。只要平民百姓不知道，上頭就睜一隻眼閉一隻眼。」她唇角一挑，笑意卻未進到眼底。

「這等於和大家都一樣。」公主看她一眼。

凌葛又沈默半晌，苦笑一下。「是啊！沒什麼差別。」

她沒有親手刑求過任何人，可是一些情報匯整至她的桌上，所有人都心知肚明這些情報是如何得來的。沒有親自動手，就讓她更顯清高嗎？她不認爲。

無論體制如何演變，一些陰暗角落裡的骯髒事，千百年來都是一樣的。她也是那陰暗角落的一份子。

她看了看公主蒼白的臉容，突然生出一股近乎嫉妒的羨慕感。

她何時失去了她的天眞呢？她從何時起不再因爲看見刑求畫面而睡不著覺呢？

或許她從來不曾天眞過！

她並不在乎自己的本性如何，可是她很難過，那個曾經抱著她大哭的少年也在不知不覺中失去他的天眞。

凌葛在心裡承諾自己，從現在開始，她不會再取笑林諾的正義感。他的體內若還留存著這些價值觀，表示還有一部分的他依然是個熱情天眞的少年。

他應該保有這個部分。

「妳喜歡林諾？」她突然說。

公主猛然停下來，嬌容瞬間從蒼白轉爲深赭，再從深赭轉爲蒼白，變化之快凌葛都擔心起她會腦溢血。

「我……我……」她低下頭躲避凌葛的視線。

「妳已經要嫁給宋國皇子了。」凌葛輕輕道。

「凌姊姊，我……我……」公主語音顫抖。

「無所謂，這跟我沒關係。我只是認為，沒可能的事就不要多想，否則徒然讓自己遺憾而已。」

凌葛嘆了口氣，拍拍她的肩膀，逕自走開。

★

成勝天在兩個時辰後終於答應說話。

凌葛並不想問他們對他做了什麼，也不感興趣。

在她出來不久林諾就被村長請去幫忙主持大局，因此工寮裡只有楊、趙與成勝天三人。

她一開門就被一股強烈的血氣和腥臭味薰得皺了皺眉。

她沒有興趣看地上的血是從哪些地方流出來，只是坐在那個一度是成勝天的爛泥面前。

「你的脖子上有一個月亮和星星的印記，告訴我幫你刺上那個印記的人是誰。」她的語氣與離開前一樣清冷淡泊。

成勝天一頓。

趙虎頭身形一晃，他腫得只剩下一條縫的眼睛立刻露出恐懼之色，「我……不知……什麼印記……」

「你有沒有見過這個人？」凌葛把歐本的外觀描述一下。

「沒有……」

「你再想想，在過去的五年之間，你有沒有見過任何長得不像中原人的中年男子？他應該跟你相處過一段時間，才能在你身上留下一個你自己都不知道的印記。」

成勝天極艱難地思索著。

「三年前，有個人……身子的皮膚很黑，可他的頭臉都遮起來……他說他臉面曾經受過傷，無法見人，人人見了他都怕，在街坊找不到活計……不得已……才跟我們一起搶劫。」

凌葛心頭一動。「告訴我那個人的事。」

「他和我們在一起待……三個多月……便是他告訴我黃岐山可立寨爲王……那時我害頭風，經常疼痛得厲害……他拿了一種藥水給我，說可以治頭風。」成勝天嚥了嚥口水滋潤喉間。「我跟他說，這藥若是有古怪，我就宰了他。他說，絕對不會，這藥很靈，我姑且相信，就吃了……

「我一吃了藥，立刻人事不知。馮望後來說，我吃了藥之後，狂性大發……扼死了女人，我卻什麼都不知道……等我醒過來，要找他、算帳……他卻不知逃到哪裡去了……

「後來我們來了黃岐山，我再也……再也沒見過他……」

「他叫什麼名字？」她問。

「李、李四。」

她輕嗯了一聲，微微點頭。

「他身上有沒有什麼古怪的地方，或者做過什麼古怪的事？」

「不想多受罪就快說！」楊常年大喝。

成勝天露出驚懼之貌，努力地想，用力地想，終於想起來了一事。

「他身上紋了個刺青……有一次露了一點點出來……不像圖也不像字，我記不清了……」

她點點頭。「你盡量回想，然後畫出來給我看看。」

成勝天想了半天，最後勉強用指間的血，在桌上畫了幾筆。

「我……只知道這樣……」

凌葛偏頭一看，秀麗的眉擰了起來。

林諾在這時開門走進來，成勝天在椅子上一縮。

林諾不禁對趙楊兩人皺了皺眉。他們對他做了什麼？

「這是什麼？」桌上的圖樣引起他的注意。

兩人研究了一下，最後決定這堆歪歪曲曲的線條勉強長得像英文字母的o和s和b。

凌葛秀眉微蹙，將這三個字母記了下來。

「還有其他的嗎？」

成勝天困難地搖搖頭。

她輕飄飄地站起來。「我信守承諾，既然你已經回答我的問題，我會給你一個痛快。寨子裡的壯丁全都不留，女人小孩都安全無恙。如果裡面有你的妻小，不用擔心，不會有人為難他們。」

成勝天的腦袋重重垂了下去，只是輕動一下。

她對趙楊兩人點頭示意，拉了林諾一起走出屋外。

11

陸三又不見了。

趙虎頭悄悄帶了兩名手下前去他投宿的民家，本想趁眾人於忙黑風寨之事先討回舊帳，陸三卻早已不知去向，只留下一張字條：

大事既了，暫且告辭。

山高水長，相逢有期。

陸三

凌葛對字條蹙了蹙眉。

此人倏來倏去，意態不明，著實令人頭痛。當初青雲幫主將他指派給她時，倒沒想到此人日後會變成一個麻煩人物，是她失算了。

「他倒機靈，知道我們事情一了，一定會找他算帳，自己先逃了！」楊常年破口大罵。

趙虎頭只是冷哼一聲。

他們在村中又停留了兩日，協助村長維持好秩序，遣人至最近的縣城報官，將黑風寨及山上橋斷之事一一稟告，讓地方官派人處理，又準備好送嫁隊伍所需的補給，一夥人才終於上路。

「趙統領，我知你一心想殺了陸三爲手下報仇，是我阻了你的事。」凌葛對趙虎頭有些歉意。

趙虎頭默然片刻。

「黑風寨一事，我們本就人手不足，應已大局爲重，凌姑娘的顧量並非有錯。況且，我們也沒有陸三確實是刺客的憑據。」他的性格比楊常年務實冷靜許多。

她與趙虎頭並騎片刻，趙虎頭又沈沈開口。

「黑風寨一役，凌姑娘機謀巧變，實是令人敬佩。諸位都是英雄豪傑，在下得已與諸位並肩作戰，實是快意無比。只是，未來到了宋京會如何演變，實所難料。」他抬眼望向前方的人馬。

以往他們的隊伍向來涇渭分明，宋軍騎在前頭，涼軍騎在後頭。如今兩軍混在一起，彼此互相聊天打氣，調侃兩下，不知不覺間已拋開初始的猜疑之心。

「只盼將來你我相見，依然是友非敵。」趙虎頭淡淡說完。

凌葛一怔。

他向來沈默寡言，難得開口跟她說這麼多，言下之意卻是略帶感傷。

她想起宋國對涼國的野心，在場的人會不會有朝一日必須從並肩作戰到刀劍相向，實在難說，不禁嘆了口氣。

她一直不想和任何人深交，就是不想扯進這個世界的事。她只想把任務完成，早點和林諾一起回家，卻在不知不覺間，已經有了會擔心的朋友。

她放慢馬速，落到後方的林諾身旁。

林諾看她一眼，指了下水壺詢問，她搖了搖頭。他手握韁繩，繼續穩穩地前進著。

「說吧！你在想什麼？」她問。

「我在想歐本的行蹤。」他嗓音低沈地開口：「李四應該就是吳阿大，也就是歐本……」

「我說的不是歐本。」她不耐煩地打斷他的話。「我知道你這幾天心裡有事，說吧！是什麼？」

這就是有一個太瞭解你的姊姊的壞處。如果這個姊姊擅長心理分析，那就更麻煩。

林諾沈默了一下，兩人與其他人略略拉出一些距離。公主發現了，頻頻回頭看著他們。

『我知道妳要楊常年殺了黑風寨的壯丁。』他用英文開口。

『林諾，那些盜賊只要一有機會就會捲土重來，我不認爲我們應該放走他們……』

『我知道。』林諾舉起一隻手阻止她的辯解。『楊常年是一個校尉，除暴安良本來就是他的責任，我們幫忙是應該的，我並不是說妳的決定錯了。』

『那你的問題在哪裡？』

『我問題的在於妳對付成勝天的部分。』

凌葛娥眉微蹙。『如果你能理解滅掉黑風寨的合理性，就能理解成勝天爲什麼一定要殺，他是他們的老大。』

『但是，妳不是爲了他是黑風寨老大而刑求他，妳是爲了想從他口中問到需要的訊息而刑求他。』

所以他在乎的是刑求？她對這種事並不感到驕傲，但他不會不知道，在他們的世界裡這些手段並不少見。

『我們趕著離開！這裡是古代的一個村落，不是關塔那摩灣監獄！我們沒有十天、二十天的時間跟他慢慢耗！』

林諾突然停下來，神色嚴肅地看住她。

『葛芮絲，我這輩子做過許多自己並不感到驕傲的事。』他幾乎是疾言厲色。『我親手殺過不少人，曾經帶兵潛進一個中東的村子，深信一個恐怖集團的首腦就藏在此處，結果發現我們拿到的是假情報，但是那場槍戰已經造成一個無辜的少年與一個女人死亡。

『我曾經對一個人動過私刑，因爲他停在馬尼拉市中心的汽車炸彈即將引爆，最近的拆彈小組在二十分鐘的路程外，我只有十七分鐘問出他的密碼是什麼。我連續打斷了他二十二根骨頭，在第二十三根的時候他哭著告訴我密碼。』他深深注視進她的眼底——

『但是！我從不曾動任何人一根手指頭，只是爲了求方便！當我們只是爲了方便而刑求一個人，就和那些我們一直在對抗的人沒有太大差別了。』

凌葛直覺生出一堆話欲反駁，湧至唇邊，忽然沒了聲音。

他是對的。

她想起幾天前自我承諾過的事——她願意捍衛林諾相信的價值，因爲那些價值讓他變成一個比她更好的人。

她吐出一口長氣，伸出手，誠心誠意地捧住她弟弟的臉龐。

『我答應你，以後我不會再這麼做。』她鄭而重之地允諾。

林諾深邃凌厲的眼神漸漸放軟下來。

她輕輕拍了拍他長滿鬍碴的下巴，策馬往前走。

『我……』他的嗓音讓她停下來。

她很意外地在他臉上看到濃烈的罪惡感。

『怎麼了？』她連忙問。

林諾思索著該從何說起。

他覺得他剛剛說的話，都沒有把他心裡眞正的想法傳達得好。

他們的生活模式一直是如此：他負責在前線執行勤務，她負責在幕後規劃所有戰略。每每知道背後有她在，他都覺得十分安心。

其實，這次眞正讓他難受的，是她對暴力如此輕易便適應了。他相信她的醫學院同學，她的私人朋友，乃至於她以前當模特兒時認識的那些大明星，沒有一個人可以如此輕易就適應了暴力的存在。

她卻可以。

他第一次意會到，他的這份安心感是姊姊放棄了多少而換來的。

『下一次，再有類似的情境，讓我來。』他深邃的眼神蒙上淡淡的傷感。『讓我下這個決定，讓我做這件事，這份罪孽應該算在我的身上。』

他姊姊看了他半晌，拍了一下他的臉頰。

『你一定沒有帶過小孩。等你親手帶過一個小屁孩，看他好不容易長大，你就明白這話有多麼不可能了。』

他無奈地搖搖頭。

眼光一轉，對上回頭望來的公主，他道：「妳過去吧！公主在看妳了。」

「公主在看『你』！」

「她看我幹嘛？」他跟她又沒有共通話題，只有女人才會聚在一起聊感覺。

「她看你是因爲她愛上你，你沒有那麼遲鈍吧？」

林諾這一驚非同小可！

他當然知道許多女人會被軍人強壯的形象吸引，他以前也不是和尚，只是，公主？

「她今年才幾歲？她只是孩子！」他駭然看凌葛一眼。

「先生，麻煩你以『社會年齡』來考量。在我們的時代十八歲依然是青春期少女，可是在這裡，女性十四歲就進入性成熟時期，十六歲能嫁人，十八歲的姑娘正値適婚年齡。對比我們社會，二十五歲的女性進入適婚年齡，所以她在我們的『社會年齡』等同於一個二十五歲的小姐，這樣你瞭嗎？」

林諾神色震驚。

「同樣的，以社會年齡來看，二十五歲到二十八歲是我們女性的適婚年齡，所以二十八歲的我換算到這個世界來，社會年齡不會超過二十歲，因爲在這裡超過二十歲的女人就算熟齡了，這樣你懂吧？」她喜滋滋地道。

林諾難以置信地看她一眼。

「至於你呢！二十六歲在我們的世界算是年輕的，所以在這裡，你頂多就算二十一、二歲的少年郎吧！」

林諾想想不對。

「爲什麼妳大我兩歲，在這裡妳只有二十，我卻是二十二歲？妳別想騙我！」他不信地看她一眼。

「誰騙你了？」凌葛分辯道：「男性和女性的社會年齡本來就不同！這裡的女人十四歲就能出嫁，男孩卻是十六歲才被視爲男人，所以男性的社會年齡基準比女性高，你比我年紀大是應該的。」

「我不相信妳！」他很堅定地搖搖頭。

凌葛氣得拿東西丟他。

公主回頭看見他們嘻笑打鬧的模樣，淺淺一笑，一抹欣羨之色躍上她的臉龐。

★

淯州

宋國共有三郡七省，其中，淯州位於南郡的奉陽省內，爲奉陽省的省會，亦是南方的最大城，其繁華富庶的程度自然非山村或是岐芴可比。

整個送嫁隊伍終於踏上淯州的街道，人人一時間皆有恍如隔世之感。半個月的路程，卻花了他們近一個月才走到。

二十餘騎踩在青石大街上，道路兩側車馬駢闐，茶館酒肆林立，絲竹聲婉轉繚繞，邊關的烽火連天，離此地極遠極遠。

「讓開讓開！城守千金的車，沒看見麼？」一隊人馬飛快奔來，趕車的車夫揮鞭斥喝。

楊常年轉頭就想開罵，被林諾用力一拉，那隊人馬自大路中央揚長而去。

「小小一個城守也敢這般囂張？」楊常年吹鬍子瞪眼睛。

「大哥，咱們現在是平民裝束，莫惹事，先尋個宿頭再說。」林諾沈聲道。

楊常年兀自嘀咕不停，趙虎頭早已遣人去尋覓店家。

半個時辰後，送嫁隊伍分住進兩間客棧裡，彼此只隔兩條街。

凌葛拉了拉他的衣角，林諾微微點頭，知道她的意思。

「楊大哥，你身上有宋國欽使的信物吧？」林諾低聲問道。

楊常年點了點頭。

「接下來的路不能再大意，你持了信物到官府表明身分，到時請城守派一、兩百名親兵，張羅好各式嫁妝，越鄭重越盛大的將公主送到京城去越好，千萬別再只是十幾個人輕車簡從了。」林諾交代他。

人壯馬盛，潛伏在一旁的人就不敢輕舉妄動。

雖然涼國公主的嫁妝由宋國的城守來置辦，委實奇怪了些，不過安全爲上，這些枝微末節都是小事。

「好。林兄弟，那你呢？」

「我們說要同行到淯州，現在已經是淯州了。」凌葛趕快上前一步說道。

林諾白她一眼，回頭對楊常年道：「楊大哥，我們還有事要辦，就此別過。」

「林兄弟、凌姑娘，你們要辦什麼事？不如這樣，我陪你們一起去把事情辦了，你們再陪我們一起進京。」楊常年咧嘴一笑。

「這話之前就說過了。」凌葛咕噥。

林諾皺眉看她一眼。「楊大哥，送君十里，終需一別，我們不能再拖著大哥了。」

他成語又用錯，千里變十里，他們一路走過來可不只十里，凌葛暗自腹誹。

「林兄弟，人多好辦事嘛！」

「這話之前也說過了。」凌葛再咕噥。

「噯，我讓城守去張羅這幾十車的嫁妝和人手，好歹也需要三、五天。這麼著！如果你們三、五天後辦完了事，我們還沒走，林兄弟再回來便了。」楊常年笑呵呵地道。

「我們這裡的事辦完，還有其他的事要辦。」凌葛立刻聲明。

林諾這次用瞪的。

幹嘛？你擔心你的朋友和小公主，就不擔心任務被擱置嗎？她回瞪一記。

楊常年把姊弟倆的明爭暗鬥看在眼裡，只作不見。他跟凌葛混久了，也學壞了，反正只管往對自己有利的人加把勁。

「林兄弟，總之你這幾日也是要住在客店裡，你們姊弟倆只管忙你們自己的，我忙我的，咱們互相不干涉，等出發的日子定了再說，就這樣了。」楊常年笑呵呵地拍拍他臂膀，自管出門往官府而去。

「你到底會不會拒絕人啊？真是很沒用耶！」凌葛恨鐵不成鋼。

「反正時間到了，該走就走，妳緊張什麼？」林諾瞪她。

「林諾。」

林諾回轉過身，公主笑盈盈立在他身後。

她已回房換過衣衫，此時穿的是現下姑娘們最時興的白緞碧紗羅，纖腰如束，烏髮如泉，一片玉肩在碧色羅紗下若隱若現，說不盡的嬌媚可人。

「林諾，凌姊姊，你們要去哪裡？我跟你們一起去好嗎？」她笑道。

初時他未想太多，一直當她是個需要人保護的女孩，他天性對女人與小孩有極強的保護欲。如今從凌葛那裡知道公主對他有意，他開始覺得不妥。

先不說她已經要嫁入宋國皇室，即使她是個尋常人家的姑娘，他完成任務之後也必須回去覆命，絕對不可能留爲了她留下來，因此讓她有任何不切實際的幻想都是殘忍的。

「楊大哥已經去找城守，不久就會有人來接妳到官驛去住，妳應該在這裡等他們回來。」他柔聲道。

「我知道啊。就是因爲接下來要住到官驛裡，說話吃飯走路通通有規矩，悶也悶死了，趁著現在還是自由之身，我跟你們上街晃晃。」公主的臉龐依然帶著笑，眸中已流露出懇切之意。

林諾心頭依然猶豫，凌葛卻搶先一步開口。

「反正我們要先找出王員外的住處，不如分頭行事吧！林諾，你帶著公主去街上晃晃，四處打聽一下，我往另一頭去找。」

林諾怪異地看姊姊一眼，凌葛聳了下肩。

說她多事也好，心軟也罷。她看公主青春如花的模樣，以後卻只能在步步爲營的宮廷求生，沒有人能知道她未來的命運如何。此時此刻，可能是她生命中唯一一次能體驗戀愛滋味的時刻，凌葛不忍心剝奪她僅剩的一丁點幸福。

她對兩人笑笑，轉身先走出客棧。

林諾的心情其實和凌葛差不多。

「走吧！」他將肩上的弩與長槍交給在一旁的黃軍，對公主微微一笑。

公主的俏顏綻放出光采，他的心頭微微一動，她眞的不是個「女孩」了，她經是一個成熟的女人。

該死！都是葛芮絲的「社會年齡論」，害他的腦子被毒化了。

出到大街上，車馬的速度相關快，他讓公主走到內側，大手自然地牽住她的手。

「妳想逛什麼？」

公主腦門一轟，手心整個發熱，幾乎沒有聽見他的問題。

「聽說那條是全城最熱鬧的一條街，人多消息就多，我們去那裡走一走吧！」

她表面上若無其事地用另一手指向城東。

「好。」

從頭到尾對男女之防沒有自覺的林諾，壓根不曉得人家的小鹿已經亂撞過一輪了。

公主怕逛一些首飾衣服的東西會讓他覺得煩，故意挑那些馬販、鐵匠的地方去。

不料走了兩、三處，她一回身，林諾卻不見了？

她驚慌地四下張望，他卻停在一個賣飾物的攤子前，認眞地研究起來。

他形如鐵塔，個頭比別人高出半個身子有餘，身上穿著風塵僕僕的背衣短打，簡直比強盜更像強盜。小販一看見他靠過來，臉都綠了，不曉得今兒賺的銀子會不會都得交出去。

「這個多少錢？」他也不懂美醜，隨便挑了一個街上姑娘戴過的髮飾問。

原來是買東西的。小販鬆了口氣，腦子登時靈活起來。

「一個五錢，客倌，您若是買一對，我算您八錢便是。」

「那就買兩個吧！」他隨手再拿一個，然後將一枚大圓丟了出去。「不用找了。」

一枚大圓是十錢，他還記得給小費的習慣。

小販喜出望外，差點把財神爺當瘟神了！

「什麼八錢？還來！」忽地，一個怒氣沖沖的姑娘衝了過來，一把將他手中的大圓搶回去。「這位小哥，你是看在我們從外地來，不懂行情是吧？這種髮笄，一個三錢都算貴的，你賣到五錢？呿！我們買一對只給你五錢，你愛賣不賣，不賣拉倒！」

小販沒想到會殺出個程咬金，正要開罵，他的財神爺聽了姑娘的話，濃眉一鎖，眼睛深到只剩下一條黑影，真變瘟神了！

「姑娘說這啥的話呢？咱家用的料和別家不同，價錢自然較貴。好吧好吧！今兒就算交個朋友，五錢便五錢。」他連忙陪笑，從衣袋裡摸出五錢找給他們。

公主又咕噥幾句，瞪他一眼，拉著林諾走開。

林諾心頭好笑。

接下來他們又買了些冰糖糕子、紗巾手環之類的東西，每一樣她都伶牙俐齒，雄辯滔滔，講得那些攤販目中含淚，啞口無言，只能以她的價格賣給他們。

林諾簡直嘆爲觀止！

「原來妳這麼會講價？」完全看不出來。

公主爲時已晚地想起，她最粗魯的那一面都被他看見了。

「以前我娘身體不好，銀兩都要省下來看大夫，所以我買東西一定講價錢，講習慣了……」她雙頰飛紅。

林諾一怔。

原來她也是苦過來的。他粗糙的食指忍不住滑過她細嫩的臉頰。

「這些年來，妳一個人，辛苦了。」

公主心口像被什麼東西堵住，急急轉過頭去，不敢讓他看見自己眼眶發紅。

林諾不想讓她尷尬，牽起她的手繼續往下走。

不多久，她的情緒平復。若能像這般一路走到地老天荒，該有多好？

「林諾，你娘還在嗎？」

「她在我年紀很小的時候就過世了。」他搖搖頭。

公主吃了一驚，步伐慢了下來。

「是嗎？你娘是怎生過世的？」

林諾的眉心微皺。他已經很久很久沒有想起母親，實在是她死得太早，當時他才七歲，對她沒有太深的印象。

「她得了腦瘤死的。」

「腦瘤？」

「就是腦子裡長了東西。」他指指腦袋。

「是邪祟入侵麼？是失了神智麼？」公主迷惑地望著他。

「不是，她的神智很正常，不是那種撞了邪發瘋。」他想想看該如何解釋。

「就是她腦子裡長了一塊肉，會自己越長越大，最後壓迫腦子裡的組織，就死掉了。」

「你怎知她腦子裡長東西？總不成切開了來看。」公主似懂非懂。

就是切開了來看，林諾苦笑。

「我們那裡的大夫知道這種病是腦子裡長東西，可是她長的地方太深了，大夫治不好。」

公主怔怔聽了半晌。「你那時多大年紀呢？」

「七歲吧！」

「這麼小的年紀……好可憐啊……」她的眼眶登時紅了。她自己的母親，起碼陪伴到她十七歲呢！

「沒關係，我父親就活到我十四歲才死掉，所以我記得他。」林諾趕快講另一件事轉移她的注意力。

「你的爹娘都死了？」公主的眼淚霎時撲簌簌往下掉。「怎麼會這樣？太可憐了，嗚……爹娘都死了，你們姊弟年紀還這麼小，該怎麼辦呢？後來你們怎麼過活？投靠親戚嗎？」

林諾登時頭大。怎麼越講越哭呢？

「我是我姊姊養大的，來吧！我們去那處問問。」趕快結束話題，哭泣的女人最讓他頭痛。

「凌姑娘一個女孩兒家，也沒比你大多少，真不知她如何帶大一個弟弟。她一定就是爲了你才耽誤了自己的婚期，嗚……」她掏出手帕拭淚。

林諾無言。

他可不覺得凌葛不結婚是爲了他，分明是她交過的男朋友她都嫌人家笨，瞧不上眼。不過……好吧！如果她又叫他小屁孩，他忍忍她就是了。他寬容地想。

一個彪形巨漢神色獰惡地瞪著一個俏麗的姑娘，惹得人家淚漣漣，馬上引來無數路人的側目。

當林諾後知後覺地發現路人丟給他不屑的眼光，再同情地看著他身前的公主，他清了清喉嚨。

「這個賣字畫的看起來很懂門道，我們過去問問他認不認識王員外，妳口齒比較伶俐，妳幫我。」

一聽需要她的幫忙，她馬上收了淚，認眞起來。

照慣例，林諾一逼近，那字畫攤老闆便嚇得眼睛猛眨。

「老闆，這幅塞外風光畫得真好，怎麼賣？」公主湊上前問。

老闆目光一移到她身上，登時靈活了。

「姑娘好眼力，這幅『塞北征旅圖』乃我朝名師柳尙意所繪，柳宗師的大作目前可是一畫難求哪！看在我們有緣的份上，算姑娘四百五十兩銀子得了。」

公主的笑容一抖，有些不穩。四百五十兩？你去搶吧！

「老闆，你說你這畫是柳尙意的眞跡，可是我在別的地方看過一模一樣的，也說是眞跡呢！」

老闆愀然變色。「妳說我賣的是假畫不成？」

「我也沒說誰眞誰假，我只說在別的地方看過，說不準那人的是假的呢！」她連忙甜甜一笑。「大哥，你說，咱們是不是在王員外家看過？」

「嗯。」林諾兩手一盤，點了點頭。

老闆忌憚地看他一眼。「姑娘，妳說話可要憑良心，小舖在湝州經營三代了，可從沒賣過一幅假畫！」

「我們是從岐芴來的，我說的王員外以前在岐芴挺有名的，幾年前搬到湝州來了。老闆既是三代經營，定然與不少城中名流做過買賣，你可知我說的是哪個王員外？」

「小姑娘，妳可知光一個渻州有多少姓王的員外？」

「老闆，你這是笑我沒見識了？」她笑道：「大哥，你說，岐芴來的那王員外叫什麼名字？」

「王士元。」他沈聲開口。

老闆聽他嗓音如深夜擊鼓，震得人心頭咚咚作響，雖是懼怕，百年聲譽卻是不能不捍衛。

「誰知道什麼王四元、王五元……」他突然想起什麼，登時臉色一變。

「老闆，你想到了誰呢？」公主心頭一動，湊上前去。

林諾銳利的目光立刻盯在他的臉上。

「不曉得不曉得，沒聽過沒聽過，不買畫就走開走開，別妨礙我做生意！」老闆翻臉趕人，不再理會他們。

兩人當下知道一定有問題。

眞沒想到第一個問的人似乎就知道王員外一家。他們半信半疑地往下再走兩個攤子，一個賣大餅的大嬸突然叫住他們。

「小姑娘，我看妳年紀輕輕，又是外地來的不懂情勢，好心勸告妳一聲，在這渚州城內，千萬莫再四處打聽妳老鄉王士元一家。」

「怎麼？」她連忙湊過去。

大嬸左右看看，壓低了嗓音地道：「王家出大事了。他兒子殺了人，前兩天被官府抓進去。王家急壞了，四處託人救命。只是殺人要償命，誰敢在這個時候蹚這灘渾水呢？」

「哪一個兒子？殺了什麼人？」她壓低了嗓音偷問。

她的步調抓得很好，立在身後的林諾不急著搶話，免得壞了事。

「當然就是那個瘋瘋顛顛的兒子，若不是瘋了怎麼會殺人？」大嬸嗓音壓得更低。「聽說還殺了好幾個，都是年輕姑娘，這事鬧得滿城風雨啊！之前官府沒有證物，不敢抓他，現下想來是查出些端倪來，馬上就把人抓進大牢了。聽說，官府最近在查有沒有共犯，姑娘你們可別現在去認什麼親，免得你們也給抓進去了！」

「王家哪裡有我們這種窮親戚？只是以前大家都住岐芴，王家又是有名的大富人家，我就想著拿他家的名頭出來炫耀一番，差點害自己惹禍上身了，多謝大嬸告訴我們。」她千恩萬謝地道。

林諾掏了幾個錢出來，向大嬸要了些大餅。大嬸喜滋滋地接過，特意挑了幾塊甜些的遞給他們。

「這位大娘，王家住在什麼地方，妳知道嗎？」他第一次主動開口。

「我剛跟你們說了，你們還要找上門去？」賣餅大嬸嚇了一跳。

「不是，王家出了這等事，回到我們家鄉岐芴去也是大消息。」公主連忙道：「我們回去總要說得有根有據，有個著落，鄉人才知道我們真的來過渻州。」

一聽是要回鄉炫耀的，大嬸心中暗笑他們鄉巴佬，依然好心地說了。

「王家住在東四大街上。你們千萬不要過去亂看啊！別說大娘沒警告妳。」

「知道了，謝謝大嬸。」她甜甜一笑，牽著林諾離開。

兩人不再多繞，直接走回客棧去。

「看來我該對妳改觀了，妳很適合當探子。」林諾好笑地道。

「我和這些婆婆媽媽聊習慣了，閒話家常兩句還行。」公主開心地紅了臉。

「據說涼國主君對妳們母女倆頗有關照，為什麼聽妳的話卻像是……」該用什麼詞語才不會傷了她自尊？

「捉襟見肘？」

「嗯。」

公主輕嘆。「在我年紀小的時候，確實常有說話尖尖細細的叔伯來送銀兩。後來我年紀漸大，來的次數也越來越少。我娘……我娘只是伴過他一夜就有了我，他能記得這麼多年，已屬難得了。即使後來再有從宮中送來的銀兩，誰曉得中間經了幾手，誰又拿去多少？我們也沒處追討，到了手上還能剩下一點，已是萬幸。」

「既然涼國君對妳們母女不好，爲什麼妳要聽他的話，來宋國和親？」他沈默半晌，低沈地問。

「我娘這一生都希望有一天能被接進宮裡，到她死了都無法如願。我只是想……我若進了宮，也算是了她一個心願。」

「妳就爲了了一個亡母的心願，把自己的人生全送了進去？」他搖搖頭，無法瞭解這種盲目的孝順。

「這只是原因之一。」公主長長地嘆了一口氣。「林諾，你眞以爲一個年輕姑娘流落在市井間，自己活得下去麼？我若不進宮，也只是更不堪的下場。我只不過是從兩條路裡去尋一條可行之道而已。」

林諾無話可回。

他身邊俱是堅強幹練的女人，如葛芮絲，如軍中的女兵，所以他經常忘記他處在一個女人必須依附男子、否則就難以生存的世界。他確實太以自己的價值觀來衡量一切了。

「抱歉。」他捏了捏她的柔荑。

「所以，我很羨慕凌姑娘。她那樣聰明，料事如神，詭計多端，遇見再艱難的事總也有辦法走出活路來，我遠遠追不上她。」她輕嘆道。

林諾笑了起來。

「好，我會跟她說，妳覺得她詭計多端。」

「噯，你怎麼這樣！」公主懊惱地頓足。

兩人才來到客棧門口，凌葛正好也從另一向走了回來。三人一碰頭，同時低聲說——

「王家出事了。」

三個人再互望一眼，原來各自都打聽到了。

凌葛往客棧裡一點頭。

「先回房再說。」

12

他們至今連四公子的面都未見著，卻已數次聽見他殺人的消息。

凌葛眉頭一皺，認爲案情並不單純。

四公子是他們唯一的線索，無論他的神智昏亂到什麼程度，他們都得見他一面。

三人在客店裡等到晚上楊常年才回來。

「你們要見一個囚犯？這有什麼問題，我明天就去和城守說。林老弟，我就說吧，跟哥哥同行還是有好處的。」楊常年樂得嘴巴開開。

凌葛在他背後對林諾翻個白眼。

林諾低沈輕笑。

楊常年既然貴爲接應涼國公主的欽使，城守自然對他有求必應，不敢馬虎，隔天一早一行人便站在衙門的牢獄前。

當初衙役抓了他來，他神智已失，壓根兒無法應訊回話，說不得他們只好先將他丟進大牢裡。

天下的監獄大抵差不多，四公子所拘的牢房陰暗潮濕，污穢不堪，連他在內共關押了七個人。

其他人犯見他糊裡糊塗，都欺負他，將他擠到放糞桶的角落。那糞桶也不知多久沒清，濺了一地，四公子就坐在滿地屎尿裡，渾渾噩噩，髒臭難聞。

硬要跟來的公主捂著鼻子，急急退到林諾身後。

「城守，你瞧他的模樣，眞的可以殺這麼多人麼？」凌葛立在牢門前，對四公子的情狀大皺其眉。

城守見她一個婦道人家見了他也不叩頭行禮，還直言相疑，心中頗爲不快；然而楊校尉一干人看似對她頗爲尊重，他還未摸清她的底細，也不敢發作。

「捕快在他房中搜出血衣血刀，物證確鑿，絕對沒有錯怪他！」

凌葛還想開口，林諾在她背心輕輕一按。

「城守，我們想和當初查辦這樁案子的捕快談談。」他沈聲開口。

「當然，當然。」對他，城守的面色就比較好。

經楊校尉介紹，城守知他就是近來威名顯赫的宋國新虎，一時之間不敢怠慢。

隔天一早，他們便見到了查辦這個案子的黃捕頭。

原本他們以爲見到的會是個急於交差的昏庸捕快，然則黃捕頭面相篤實，說起話來有板有眼，倒不像個辦事隨便之人。

就不知他怎會去抓一個昏昏昧昧的四公子當殺人凶手？

黃捕頭告知了他們始末。

淆州最近五年來總共發生四起極之類似的凶案，說來還是黃捕頭將這四起案子連結起來，確信是同一人所爲。

這四起案子的共通之處：受害者皆爲十六歲至十八歲的年輕姑娘，案發的時間應該都在入夜之後。她們的脖子上都套著痲繩，雙手被反綁，口中塞著布塊，胸口被利刃拉穿一條傷口，臟器外露，陳屍現場血肉模糊，血跡斑斑，望之令人驚駭。

「她們有被奸淫的跡象嗎？」凌葛插口問。

黃捕頭尷尬地看她一眼。

「凌葛是我姊姊，素來幫著宋軍查辦事案，並非一般女流，黃捕頭有話直說，不必顧忌。」林諾低沈地道。

黃捕頭清了清喉嚨，才道：「四位姑娘確實都被人給侵犯過，不過……」

「不過她們不是被男子的陽具所犯？」凌葛又插口。

黃捕頭儘管尷尬，投給她的目光卻露出訝異之色。

「凌姑娘怎知？四位姑娘確實非爲陽物所犯。我們在屍首左近尋到了一些掃把、鋤柄等物事，柄頭上沾著血跡。仵作相驗之後，確認四位姑娘都是給這些硬物所犯。」

「你親眼見過陳屍現場嗎？」凌葛索性繞到林諾、楊常年等人前面，直接和黃捕頭對話。

「見過。」

「你繼續說下去，說完我們一起到陳屍現場看看。」

她一個年輕姑娘家竟然要去死過人的凶宅探看，黃捕頭不禁又看了兩眼。

「前三樁凶案皆爲鄰人發現之後報官，官府也抓過幾個疑犯，後來都因事證不足，不了了之，直到最近的第四樁案子。」黃捕頭嚴肅道。

「第四起和前三件有什麼不同？」林諾盤起手臂，銳利地看他一眼。

「第四位姑娘胸口也有刀痕，卻沒有前三人那般猙獰，流的血是最少的。臉面用她自己的衣褲蓋著，前三人卻不見如此。此外，前三件案子的血跡皆只在陳屍的屋子裡，第四起案子卻把血跡帶到屋外。

「鄰人見到一個衣著華貴的男子，慌慌張張地跑出去，於是趕來一看，卻發現屋裡的姑娘死了。他們急急報官，我當時已經對這個案子留上心，一接了線報，立刻領了手下追出來。

「我們在街上陸續找到凶手逃走時遺下的血跡，一路追到東四大街，之前的幾樁凶案都在這附近。我們連夜一戶戶盤查，盤問到第三戶，就是王士元一家。我帶領著幾名捕快進入他家內院搜尋，只見他的四兒子王培喜穿著一身血衣，在院子裡瘋瘋顛顛地亂舞。

「我們進王培喜屋中一搜，立時搜出血刀，還有幾樣姑娘家的飾物，都是那四位死者的，當場將他帶回衙門裡。」

凌葛慢慢點頭。

「陳屍現場已經有人整理過了嗎？」她問。

「前三樁案子發生已有些年月，最近的這一樁是四天前的事，死者鍾姑娘只有一個半聾半盲的寡母，事發之後，鄰城的親戚將她寡母接去同住，卻嫌這間屋子穢氣，不願再踏入，所以凶宅大抵上還維持鍾姑娘遇害時的情景。」

凌葛精神一振。

「太好了，我們過去看看！」

在前去的途中，她細細訊問了些跟四個死者有關的事。

黃捕頭確實是辦事細膩之人，一些細節的問題，例如死者生前作息如何，有沒有相熟的男性友人等等，竟然都回答得上來。

如果可能，她想親自驗屍。然而黃捕頭一說她才知道，渚州有個民間習俗，凶死之人必然要立刻火化，以免怨靈作祟鄰里，所以四具屍體早已經火化了。

無可奈何之下，她只得請驗屍的仵作過來一談。然而一些生理現象的問題，卻不在那仵作的理解之內，例如眼球底部有沒有血點，身上有幾道傷口，何等形狀，分佈在何處等等，他不知需要驗到如此細節，許多都還是黃捕頭在一旁補充的。

「我們要改行當第一名捕了嗎？」林諾走到她身旁，饒有興味地問。

凌葛懊惱地蹙起眉心。

她沒有興趣來古代扮演福爾摩斯。然而，她不相信以四公子的神智，有能力殺人。若想和四公子好好地問話——無論他有沒有能力應答——就必須把他弄出監牢，讓他處在一個熟悉安定的環境，精神狀態最平穩才行。

「我們至今無法近距離接觸到王培喜，難以斷定他到底是神智全失，或是保有基本的對答能力。即使他真的不管用，身邊的僕從或許知道什麼。可王家現在人人愁雲慘霧，哪有那個心情讓我們問話？」她無奈道：「如果要盤問四公子，代表要先把真凶找出來，那我們就把他找出來吧！」

林諾沈默下來。

「怎麼了？」凌葛看他一眼。

『This is so wrong.』他忽爾道。

一切都太不對了。一個善良助人的人怎麼會落得神智盡失、淒慘冤獄的下場？

所有他們來到此處之後遇見的人，唯有四公子的遭遇最讓他耿耿於懷。

「我們現在不就是要幫他了嗎？」凌葛輕揉弟弟的肩膀。

雖然種族與社會文化有所差異，暴力是人類的共通語言，因此暴力罪犯都有一定的心理特徵可循。

黃捕頭本欲帶他們直接去鍾姑娘遇害之處，凌葛卻要求先去前三個血案發生地點。

雖然景物已變，有一間凶宅甚且改為馬房，她依然要求黃捕頭憑著記憶，對她描述一遍當時的景象。

三個地方都跑過之後，他們才來到鍾姑娘的家。

黃捕頭將上了鎖的門打開，一陣隱隱的腥臭撲鼻而來。死亡永遠帶著一股陳腐的氣息。

她吩咐所有的人留在門外，包括黃捕頭在內，自己踏入其中。

屋內的擺設極之簡陋，只有一桌二椅，兩扇窗戶，對角有一個通往內室的門口，只圍了一片布簾。

若不把血案的混亂算進去，這其實是一間維持得很整潔乾淨的廳室。

地面上流了一大灘血，已經乾硬為深褐色，附近牆壁濺得斑斑點點，令人觸目驚心。

一個掃把頭丟在牆角，把柄卻不知去向，想是黃捕頭帶回衙門做為證物。門檻上有半個腳尖朝外的血腳印，似乎是離去時印下，門框的邊上也有一個類似血掌印的痕跡。

「黃捕頭，鍾姑娘當時是躺成什麼模樣？」她站在屋子中央，旋身慢慢地打量四周。

「頭在那兒，腳在這裡。」黃捕頭用手比劃了一個大概的姿勢。

「她的臉上蓋著布？」

「是。」

「只有她，前三個沒有？」

「是。」黃捕頭答道。

「你們看到了嗎？現場的血量雖然多，卻並不紊亂，大部分集中在屍體附近的地面，以及最靠近這面牆的下半段。」她指了指屍體附近的血漬。「天花板與牆壁的上半部並沒有太多噴濺的痕跡。如果凶手殺人時處在狂暴或興奮的狀態，揮刀的力量極重極快，血跡一定會飛濺得到處都是。」

她用手比劃一下那個揮刀的速度，在門口的人照著她說的地方看過去，不禁一一點頭。

旁人來看只會看見一間血跡斑斑的房子，她卻發現這個現場其實非常「乾淨」，一點都不混亂。

「我剛才問了黃捕頭，其他三個凶案現場也是如此。這說明了幾件事：

「第一，凶手以前就有過經驗，這不是他第一次犯案，所以他非常清楚自己在做什麼，毫不慌亂。

「第二，他一定是先守在一旁，用預先準備好的工具制伏被害人。有些殺人犯享受那種欲擒故蹤的過程，他卻不是。他只想直接瓦解被害人的行動力，讓他能在被害人的身上宣洩慾望。這是現場並不紊亂的原因。

「要躲在一個人的家裡埋伏並不是那麼簡單，首先他必須先跟蹤被害人一段時間，弄清屋子裡的擺設，她回家的時間，她寡母睡著的時間，然後找一個適當的日子，躲在事前相中的地方，等她回來再動手。

「第三，目前找到的凶器都是直接取自現場，並不十分鋒利。人體組織是有韌度的，要造成大規模傷口需要力氣，尤其是使用並不鋒利的武器。他制伏一個年輕姑娘，綁縛她、搬動她、用硬柄侵害她，再以不鋒利的刀刃製造出長傷口，表示他是一個年輕力壯的男人。

「第四，被害人的脖子上都有麻繩和被勒過的痕跡。從現場的血量來看，被害人被砍刺的時候心臟還在跳動，才會流出這麼多血。你要殺一個人只需要一種方法，要不勒死她，要不刺死她，爲什麼需要兩種方法？」

「脖子的勒繩並不是用來殺她們的，而是用來讓她們昏厥？爲了制伏她們嗎？或是爲了凌虐的快感？」林諾一手輕撫著下巴沈思。

「我認爲是爲了制伏她們，若被害人中途醒來，他就再將她們勒暈過去。他的樂趣並非來自凌虐被害人，否則被害人的身體不會如此『乾淨』。除了下體與胸口的刀傷，她們幾乎沒有其他傷痕。一個享受他人受苦的殺人狂，一定會在被害人身上留下更多凌虐的痕跡。」凌葛轉頭看著所有人。

她的用字遣詞雖然聽著挺古怪，黃捕頭慢慢地聽，倒也聽懂了。

這時，門外突然傳來吵吵嚷嚷的聲音。原來王員外聽說黃捕頭領人回到事發地點查探，急急拉著老管家和幾名家丁趕了過來。

爲了營救愛子，他耗費千金，髮鬚盡白，幾日之間整個人像老了數十歲一般。

「冤枉啊！大人，冤枉啊！吾兒只是癡子，從不出門，更不會下手殺人，大人明察秋毫啊！冤枉啊！」

黃捕頭喚過一名手下。「在這裡吵吵鬧鬧的像什麼樣子？把他們趕回家去，若有冤情，到衙門遞狀去說便是。」

「先別叫他們走，讓他們安靜地等在一旁就是。」凌葛忽然道。

捕快看看她，再看看黃捕頭；黃捕頭點了點頭，捕快便去辦了。

凌葛繼續回來查看現場，不多時心裡已經有底。

「你們讓王府的老管家過來一趟。」她對黃捕頭道。

老管家一踏進這座小院子，便見到裡頭又是官又是兵，幾條彪形大漢將小小的院落擠得水洩不通，一雙腳登時軟了；再走到門口，見廳內遍地血跡，腥臭難聞，整個人差點昏厥過去。

「他便是王宅的總管王富，在王家已待了五十年。」王家的人黃捕頭曾一個個查問過，是以知曉。

凌葛點頭。「王富，王家的每一個人，無論主子、隨從、廝役、婢女，你都認得嗎？」

「是、是。我在王家當了這麼多年管家，沒有一個不認得的。」王富全身發抖。

「太好了，我要找一個人。」

「姑、姑姑娘要找誰？」

「我告訴你我要找的是哪個人，你告訴我他是誰。」凌葛走到他面前。

「這個人是個男子，大約在十八歲到二十八歲之間。他不是新人，是從岐芴就跟著你們一起搬過來。」

如果是在他們的世界，她會說是二十五歲到三十五歲的年輕男人，在這裡的年齡則要往前推。

「他在你們府上的地位不高，如果是主子，就是遠方來投靠的窮親戚；如果是下人，就是個貼身僕役之流，不會是像你這樣有權力的大管家、大總管。

「他平時很內向安靜，不太與人交談，府內幾乎沒有人是他的知心朋友。他和所有姑娘都處不好，女孩兒們說不出為什麼，只覺得這人『怪怪的』，讓人不想和他親近。

「他跟男人在一起比較自在，可是府內的男丁大部分也跟他保持距離，經常說不到兩句就覺得話不投機半句多。即使他有一、兩個比較談得來的人，那些人的地位也一定比他更低。

「他從來沒有犯過大錯，可是一定跟府裡的丫鬟婢女或小姐起過衝突。都不是大事，可能是他說了什麼不恰當的話，或做了什麼事冒犯了姑娘家，有人向你和王員外告過狀。你們爲了這些小事曾經斥責過他，可是又沒有嚴重到讓你或王員外覺得有必要把他趕出去。

「府裡曾有許多小動物莫名其妙死掉，有人懷疑是他動的手，或者有人親眼看過。

「如果他是主子，他平常都在自己院子裡，不與人交際，只偶爾會去四公子房裡走動。如果他是個下人，他的工作和四公子有關，或許是四公子院子裡的廝役，或許是貼身僕人。四公子發瘋之後，他和四公子的關係變得越好。

「他的體型並不高壯，只有中等身材，甚至偏瘦或矮小，可是他的身體非常結實，並不是個弱不禁風的男人。他的長相平凡，不會特別英俊，也不會特別醜，平時不容易引人注意。他看到人隨時都掛著笑臉，讓人不易設防，唯有認識深了之後才會發現他性格孤拐，其實不好相處。

「他讓人感覺很聰明，可是很奇怪，每次你或王員外交辦事情給他，他總是會有那一、兩個地方做不好，需要人收拾，最後你們就不再找他做重要的事了。

「王富，你說這個人是誰呢？」凌葛終於停下來，盯著他。

王富眼睛直眨巴，好半晌說不出話來。

「姑、姑娘，您說的人分分、分明是王裕啊！姑娘眞不識得他麼？您對他說得可是一絲不差啊！」

黃捕頭在一旁驚奇地看著她，連楊常年的下巴都掉下來，只有林諾已經習慣了，雙臂盤胸，意態安適。

「王裕？四公子的隨從之一王裕？」黃捕頭的眼神霎時銳利。

此人他也曾問過話，當時只覺得這個王裕極爲內向安靜，只是守本分做自己的事，卻不覺有何不對。

「是啊是啊。」王富頻頻點頭。

黃捕頭立刻令人前往王府緝拿王裕。

「我們走吧！去和王裕好好聊聊。」凌葛挺挺腰，扭扭肩膀，今天走動了一天，眞是有些累了。

衙門就在東四大街不遠處，黃捕頭和她一起走回去時，忍不住問了起來。

「姑娘是從何看出這些端倪來？」

「對對對，說得像妳就認識那個王裕似的。」楊常年在一旁插口。「林兄弟，你說，神妙不神妙？」

「我習慣了。」林諾感慨地拍拍他肩膀。「她這一招施展在我身上時，才眞叫人頭痛。」

楊常年想想，果眞是如此，不禁哈哈大笑。

黃捕頭卻眼神認眞，不爲他們的閒談分心。

凌葛嘆了口氣。

「我已經解釋了他是個健康且力氣不小的男人，可是他在對被害人下手的時候，依然選擇躲在一邊偷襲，在施暴的過程當中也必須讓她們隨時處在昏迷的狀態，表示他對自己並不是非常有自信。他尤其不擅長跟姑娘相處，只有她們昏迷的時候，他才感覺自在。

「這種社交障礙，通常會表現在日常的相處之中，所以他的人緣一定不好。

「他不是隨機在街上找個姑娘，這四個被害人都或多或少跟王宅有關，一個是繡女花，兩個是浣衣女，還有一個是臨時聘來的廚娘。他應該是在日常生活中有機會跟這些被害人接觸，她們認識他不深，所以不像王府裡的下人都跟他處不來。他的外表一定有某種程度的親和力，才會讓她們不覺得有需要提防他，甚至能信任他。

「接著他跟蹤她們，找出她們住在何處，家中有何人，何時落單。這些都是經過慎密思量，而不是衝動行事，所以他其實是挺精明的人，犯罪現場也顯示他從頭到尾都很自制。

「儘管他很聰明，卻對自己缺乏自信，人緣不好，成就感並不高，因此他平時不會是一個表現出色的人。

「他一定跟四公子有某種程度的關聯，才能那麼輕易地將凶刀飾物放在四公子房裡。四公子發瘋之後，他表面上就近照顧四公子，說不定這件事才真正讓他在王府裡的地位受到重視，所以他會表現得對瘋掉的四公子更加殷勤。」

「他對女性的怒氣很深，這點應該跟他的成長經驗有關，只是他既然沒有親近朋友，自然不會有太多人知道原因。」

「那鍾姑娘頭臉蒙的布呢？」黃捕頭一一消化她所說之事。

「鍾姑娘和其他三個受害人不同。那三個人之於他，只是個破布玩偶，甚至不是人，他對她們毫不在乎。可是鍾姑娘讓他感到愧疚，在他的心裡，沒有辦法把她看成跟其他受害者一樣。可能是鍾姑娘的背景裡有某些事讓他產生共鳴，所以他在殺鍾姑娘之時，下手最輕；他必須蒙住她的頭臉，無法直視她。他犯完案時也不如前三次那樣鎮定，才會在離開時帶上血跡。

「如果王富給我們的名字超過一個人，我們下一步就是要調查，這些人裡有哪幾個的背景和鍾姑娘有相似之處，或者哪一個人與鍾姑娘最親近，這算是另外一條線索。」

黃捕頭點點頭。「還是得查一查這王裕是否和鍾姑娘有牽連。」

凌葛挺欣賞他這種認眞的個性。

「黃捕頭，我看你做事這般認眞，怎麼隨隨便便就抓了一個四公子？」楊常年忍不住湊上前取笑他。「聽凌姑娘一說就知道，幹這事還得跟蹤人，還得跟人家交朋友，那個四公子瘋到連自己老子都認不出來，哪裡有這等能耐？」

黃捕頭忍住白他一眼的衝動。那也是聽凌姑娘一說你才知道的，好唄？

他一副欲言又止貌，最後只是嘆了口氣，搖頭不語。

「怎麼？還有難言之隱？」楊常年繼續虧他。

「楊大哥。」林諾低聲阻止他。

黃捕頭看看左右，確定手下都走在後頭，才終於低聲開口：

「其實，我也對四公子的事有所疑慮，只是我有個手下從一名岐芴人的口中問到，當初王家就是爲了躲避四公子在岐芴的凶案才搬到渻州來。我本想前去岐芴問清楚那起案子，城守卻道：既然人證物證俱在，又有過往事證，直接將人拿下便是。

「四公子雖然下獄，我一直沒有拷打詢問，便是爲了如此。我總覺事情有些古怪，礙於城守想結案的意思，只能私下查訪。幸得這回有諸位的幫忙，沒有冤枉無辜之人。」

楊常年一聽，這黃捕頭倒也是個實心人，一時對剛才一直嘲笑人家頗不好意思。

「你這脾性挺合我胃口。」他哈哈大笑，差點一掌把人家拍飛。

13

關於如何審訊王裕這一點，眾人先有了一番推敲。

依著黃捕頭與城守的意思，自然是照老規矩來，高高升起大堂，讓他跪在下首，一面問一面打，打到他招爲止。

凌葛認爲很可能輪到她問話以前，王裕就被他們打死了，此事萬萬不能。

「黃捕頭，你們升堂之前，可不可以先讓我和他談談？」

黃捕頭遲疑一下。

「如果我問得有技巧，說不定你們連堂都不用升，他已經全招了。若我問完，你覺得還有不足之處，城守要升堂隨時可以升堂。」她再加把勁。

黃捕頭想了一想，便同意了。

對於審訊王裕的方式，她也有想法。

「黃捕頭，王裕的性格冷漠，與人疏離，傳統的升堂問案對他反倒效果不好。

他一直跪伏在地上，城守高高在上，根本無法看透他的想法，這對他是個『安全距離』。

「真正能威脅到他的其實是近距離接觸，所以我想要一間小房間，裡面就只有他和審訊者，這樣就夠了。

「女人令他不自在。他這一生都不擅長與女人相處，因此，由我一個人偵訊他會比由其他人來更好。」

由她一個人進行，林諾有點意見，不過最後還是勉強同意了。

凌葛再加碼：「衙門裡有女捕快嗎？沒有的話，最好公主換了捕快的制服，跟我一起進去。她從頭到尾只需站在邊角，裝出一張冷臉盯著他即可。一個全女性的環境，又是比他更權威的地位，王裕的焦慮感必然攀升，我只須破壞他的心理平衡，就成功了一半。」

霎時間幾個大男人都出聲——

「不行。」

「不成！」

「只怕不妥。」

趙虎頭雖覺這是宋國事務，他一個外人不宜插口，然而她既提到公主，他就不能等閒視之。王裕畢竟是個殺了四名姑娘的凶徒！

公主在一旁則是躍躍欲試。

林諾和趙虎頭一見，長聲太息。眞是給帶壞了！

兩人聽到對方的嘆息聲互望一眼，搖頭再嘆一次。

喂，你們吁來嘆去是怎麼回事？凌葛現出氣惱之色。

「這裡不比我們的地方，沒有雙面鏡、電擊槍，如果王裕老羞成怒突然攻擊妳們，沒人守在一旁怎麼辦？」林諾沈聲反對。

其他人雖不懂「雙面鏡」和「電擊槍」是什麼，但反正就是不能讓她們兩個姑娘家跟一個凶手關在一起。

凌葛越發不爽。這人是忘了她起碼也是個海軍軍官，該有的軍事訓練她沒有少受過好嗎？她或許不像他殺傷力這麼強，對付一、兩個賊子還不成問題。

林諾看出她的心聲，下巴一仰，雙臂一盤。「沒得商量！」

凌葛像隻生氣的貓呲牙嘶氣。

最後他們議定，審訊地點就用公堂旁擺放刑杖的小房間。

此室寬僅八尺，長丈餘，無窗無格，十分陰暗狹小。屆時門不關，凌葛負責問話，公主換上捕快的制服在站在裡面，林諾和眾人守在門口王裕看不見之處。

女捕雖然不多，卻也非從未聽聞之事。

凌葛細細詢問過王管家，得知王裕的家世背景。

王裕十四歲就入了王家工作，卻不是賣身的家奴。

他的爹爹是個落第秀才，在地方上開了間小私塾，教導孩童讀書識字，也算頗有文名。

奈何他父親十年之前，惡疾猝逝，他娘只得改嫁給一個布販。那布販也是續絃，家中已有二兒二女，年紀都比王裕大。雖然是商賈之家，卻不算特別富裕，因此王裕這個拖油瓶並不討喜。

雖然他在繼父家中頗受幾個繼兄姊欺負，十四歲那年，卻暗暗喜歡上長他兩歲的繼姊。

繼姊發現他的癡念之後，非但對他大加恥笑，甚且將此事告知父親。繼父聽了大發雷霆，認爲他有失倫常，很是折辱毆打了他一番。最後他母親迫於夫家壓力，不得不爲他另謀去處，讓人牙子引介到王家工作。

他雖然簽的不是賣身契，除了王家卻也無處可去。

他甫入王家，只是幹些跑腿打雜的勾當，後來四公子的院子裡缺人，他才轉到四公子的院子伺候。

四公子並不喜歡女婢，院子裡全都是男僕。王裕初來之時，做的依然是倒茶掃地的粗淺差事。兩年後，和四公子從小一起長大的貼身隨從不慎落水淹死，四公子傷心至極，王裕才終於升了上來，變成四公子的貼身僕人。

當時王裕十八歲，在王家已經服侍四年。

半年後吳阿大來到岐芴。

淩葛反覆向王員外與老管家詢問四公子的生活細節，漸漸對王裕這個人有了更深瞭解。

他自幼聰明，讀書識字都比旁人快，深信自己終有一天會考上狀元，出人頭地，未料父親的死改變了一切。

他初入王家之時，本以爲以自己的聰明伶俐，不多時便會晉升爲公子或大管家的得力助手，雖然依舊是僕從之身，起碼不是個被使喚的命。

誰知王家從頭到尾只把他當個雜役。

在他負責園藝的那段時期，府裡開始有飛鳥或家犬不明死亡，但無人注意，只有一個同他一起掃地的小廝曾經回報，有一回見到他在埋一堆血淋淋的東西。此事並未引起老管家太大關切。

他和王宅裡其他僕役或婢女的關係也如她所言，大家都覺得他「古裡古怪」，不願與他深交。

他到了四公子院子裡，最大的絆腳石就是那個跟四公子一起長大的貼身隨從王良。王良在他來的兩年後溺死，據家人所言，發現的人是他，凌葛覺得這事本身就不單純。

無論如何，他如願升上他想要的「重要公子的貼身侍從」一職。

他和四公子之間又發生了什麼事呢？

「妳認爲他和四公子……？」林諾蹙眉，嗓音淡淡地逸去。

「我只是認爲，在這個時代，一個英俊的富家公子到了二十二歲都未婚配，平時又不喜婢女丫鬟，也沒有侍寢丫頭，環繞他的都是年輕的男性使僕，這其中就有幾分曖昧。」

她不確定他和四公子是否有實質上的關係，也有可能他發現了四公子對自己的好感，以此爲餌，吊著四公子的胃口。

總之，他生命中第一次嚐到被人重視的滋味。

接著，四公子神智失常了。王宅裡人人提及四公子都神色慘澹，不願多言，王裕反而變成從頭到尾跟在四公子身旁照顧的忠僕。

王員外眼見最疼的兒子如今變成一個廢人，唯有一個王裕忠心耿耿，對他自然另眼相看。他只要說四公子院子裡缺什麼，隔天立刻有什麼。

在人眼中他依然是個低三下四的僕人，在四公子的這間小院落裡，他儼然是個主子。以前瞧不起他的下人，現在看到他受寵，對他都開始巴結起來。

然後岐芴城出現第一樁凶案，死者是定時來四公子院子裡收洗衣物的浣衣女，年方十六。

他當年喜歡上那繼姊之時，她便是十六歲。

花樣年華，美麗而殘忍。

四公子的院子裡找到血跡，王員外舉家匆匆搬離，直到渚州又開始出現年輕姑娘的命案。

這一切都太有跡可循。

衙役將王裕帶上公堂，他目光閃爍，神色有些倉惶。衙役繼續將他拖入小室之中，他的神色越發驚疑不定。

「黃捕頭，這……這是怎麼回事？你怎地將小的抓了起來？」王裕在門口遇見他，迫不及待地問道。

「別再裝了，我們都知道人是你殺的。」黃捕頭森然道。

「黃捕頭您快別開玩笑了，你們不是都抓了四公子，怎地還會賴在小的身上？」王裕急忙分辯。

「四公子瘋瘋顛顛，何來的能耐跟蹤鍾姑娘，將她綁縛殺害？」

「您不知道，四公子的病一犯起來，力大如牛，連我都壓不住。他一定是犯起病來，衝出去殺了鍾姑娘。」

「有人見到你那日晚間曾在鍾姑娘家門外鬼鬼祟祟，難道你還不承認嗎？」黃捕頭怒拍一下牆面。

王裕微微一震，卻力持鎮定。

「那鄰人是誰？夜裡這般黑，他真敢一口咬定是我？小的那日一直待在四公子裡院子裡，根本沒出門！」王裕叫苦道。

黃捕頭恨不能現在就將諸般刑具拖將出來，一條一條地審他。林諾在旁邊靠牆而立，對他搖了搖頭。黃捕頭怒哼一聲，揮手要衙役將他拖進去。

王裕手銬腳鐐在身，不安地打量這間小室。

屋子裡有兩張椅子，對面而放，衙役將他扣鎖在其中一張椅上，他才發現椅腳是釘死在地上的。

不一會兒，一個一臉森冷肅殺的女捕快走了進來，站到牆角上，居高臨下地盯視著他。

王裕被她冷淡的目光一瞧，登時出現不快之情。

門口突然響起黃捕頭粗聲粗氣的嗓音：

「凌捕頭，此事還勞煩郡守派人過來，實是慚愧之至。這廝堅不認罪，便交給妳了。」

王裕一聽是郡守派來的捕頭，心中一凜，接著門口便立了一條玲瓏纖麗的身影。

他茫然地望了望她，再看向她的身後。過了一會兒忽然明白過來，這名女流就是黃捕頭口中的「凌捕頭」。

他的嘴唇微張，面上佈滿不可思議之色。

凌葛穿著捕頭的服色走了進來，看也不看他一眼，逕自在其中一張椅子坐下。

「這是……這是……怎麼來了兩位姑娘？」他強笑道。

凌葛終於冷冷瞄他一眼，這一眼猶如在看一隻微不足道的螻蟻。他曾經也被一個姑娘家用這般的眼神瞧過，那姑娘也是同眼前這個一樣花容月貌。他心頭彷彿有隻手在狠狠擰著扭著，疼得他很想跳起將她臉上那輕視的神色撕掉。

再沒有人可以這般瞧不起他！沒有人！

「什麼姑娘？郡守親封『南郡第一名捕』，凌葛凌捕頭在此，你再胡亂稱喚，當心打折了你一雙狗腿！」牆角的女捕銳聲一斥。

王裕的嘴角抽搐一下。

凌葛沒有說話，只是往椅背上一靠，面無表情地盯著他許久。

兩人之間別無隔礙，他滿身鐐銬，她卻是舒心愜意。

他幾度想引這位凌捕頭說話，她都無動於衷，最後他終於不再嘗試，額角微微凝出一滴汗粒。

「吳阿大在哪裡？」

凌葛慢條斯理地開口，卻是一個他想也想不到的問題。

王裕發怔半晌。

「吳阿大？誰是吳阿大？我不認識什麼吳阿大。」

凌葛冷笑一聲，慢慢往他欺近。王裕連忙往後一退。

「你不認識吳阿大？」

「姑……凌捕頭，我眞沒聽過。」

「這可奇了，四公子當年救了吳阿大，還時時去探視他，岐芴人人皆知，你這個忠心耿耿的下人，怎麼會沒聽過吳阿大的名字？」

「下人」兩字聽進他耳中，刺耳之至。王裕爲時已晚地想起，自己否認得太快了。

「哦！原來姑娘說的是那個……」

「凌捕頭。」凌葛悠然糾正。

王裕的下巴一緊。「凌捕頭說的是那個吳阿大，我一時沒有想到。那個吳阿大不是失蹤了嗎？我怎會知道他人在何處？」

他在黃捕頭面前自稱「小的」，在她面前改成「我」。他不能忍受一個女人的權威高於他之上，必須平衡這個關係。

凌葛微微一笑，繼續傾覆他心中的天平。

「陳裕，從你開口的第一句話，我就知道你在說謊，你眞以為騙得倒我麼？」

王裕臉色大變。陳裕是他的本名，他的秀才父親姓陳。

「我不知道妳在說什麼！」他的臉固執地往旁一撇。

「好，你不必說，我來說，你聽就好。」她依然是悠悠哉哉，不疾不徐地說著：「一切都是何妙心那個賤人的錯。若不是她，你就不會被賣到王家。你看上她是她的榮幸，豈知她不知好歹，竟去跟你繼父嚼舌根。無所謂，反正你耗在那個家也只是一世無名，不如離開算了，說不定還能另覓良機。

「王家那堆傭僕裡，有誰能像你一樣辨文識字？進了王家磨練幾年，王總管就該將你升至帳房裡，讓你管帳，將王家那些產業交給你打理。你就算當個僕人，也該是個大總管的命。

「誰知那幾個老頭子有眼無珠，竟然只叫你去掃地澆花，簡直不把人放在眼裡！

「好不容易，你捱到了最受王員外寵愛的四公子院裡。你想，別人就算看不出你的能耐，四公子總該看得出來了吧？誰知，四公子成天盡是攜著那王良出出入入，從沒一次把你放進眼中。

「你試了好幾次想讓四公子注意到你吧？總算四公子記住你是誰了，偶爾在院子裡看見你在打掃，也會停下來和你閒聊幾句。你滿心想，機會總算來了。誰知，那個王良硬是梗在那裡。

「有一回，你不小心發現四公子爲何對王良格外親熱了。你是午休的時候撞見的，還是晚上不睡覺偷偷跑去窺探呢？」凌葛輕聲一笑。

王裕的臉色陰冷。

「你撞見了他們的好事，終於明白你是永遠取代不了王良的。他哪裡是四公子的貼身隨從呢？根本是四公子的寵妾啊！只要有王良在，你一輩子都只是個掃地的！你怎甘心一生如此？

「推王良進池子裡一點都不難吧？畢竟你平時經常宰殺小狗小鳥，死亡對你來說不是一件太恐怖的事。而且，這不能怪你，誰教他攔了你的路？你只是爲自己著想而已。人不爲己，天誅地滅。

「王良死後，四公子多麼傷心。你再趁機勸慰，果然四公子漸漸將心思放在你的身上。

「然而，你豈是那噁心低等孌童之流？你軟下身段，對四公子虛與委蛇，但你可不會傻到像那王良一樣，鑽到四公子的帳子裡。下賤作死的才會幹那種事，你可是未來的大總管！你越不順他的意，他心裡越是愛你。你的手段比王良更高，四公子哪能一顆心不移到你身上？

「不過，釣魚釣久了，魚也會跑，你再怎麼也得給四公子一點甜頭。」凌葛甜甜微笑，溫柔地望著他。「你是何時和四公子有肌膚之親的？你生辰的時候？他生辰的時候？中秋月下，花好月圓？你脫了褲子，爬到四公子帳子裡，讓四公子撫摸你……」

「住口！住口！住口！妳這個賤女人！」王裕暴怒地跳起來。「我和那個瘋子什麼事都沒有！什麼都沒有！」

門外的楊常年一聽到就想衝進去，林諾鐵臂一探，立刻揪回他。

凌葛甜膩地笑著。「怎麼會沒有呢？他給你吃最好的，用最好的，跟對待王良一樣地對待你，你分明已是他的男寵……」

「住口！我殺了妳！我殺了妳！」王裕撲過去想勒住她。

扣在椅上的鍊條拉緊，將他摔回原位。公主臉色慘白，依然很神勇地抽出大刀，不過她姿勢實在不熟練，抽了好幾下才抽出來。幸好王裕盛怒之中，也沒有注意。

門口的幾個男人再度被林諾攔住，每個人怒氣匆匆地退下去。

「你一人之下，萬人之上，小日子過得挺美的，還有什麼不滿足呢？」凌葛不爲所動，臉上依然是殘酷甜美的笑意，就像他當年戀上的繼姊。「府裡的人待久了，誰會不知道四公子有斷袖之癖？那些婢女看著你的樣子就像在嘲笑你，笑你用自己的身體換來如今的地位。」

「放屁！放屁！那個賤男人污穢骯髒，怎能碰我！」王裕在位子上掙扎怒吼。

「可是那些姑娘看著你，都是這麼想的呀！尤其那個每日來替你們收洗衣物的姑娘。她看見床單、衣角沾染的那些印漬，心裡一定把你想得極爲不堪！她是什麼東西？一個低三下四的洗衣女，也敢用那種眼光看你？那種睥睨的眼神和何妙心當年，可不是一模一樣嗎？你如何忍受一個低下的女人瞧不起你？

「可是你必須忍，動她和動鳥動狗不同，被人發現是要被官府抓去的！

「這時骯髒不堪的吳阿大出現了，四公子也不知爲何對他這般感興趣，不就是個又髒又臭的流浪漢麼？可是這個連話都說不好的吳阿大，竟然眞的有些本事，他不知道麼弄的，自個兒就把自己的病給治好了。

「你是何時對他生出興趣的？是四公子經常讓你來替他送藥送錢，你得以和他攀交麼？是你替他從王府弄來的大理石吧？你以前一定不知道大理石能磨成粉當藥吃，對不對？他懂得好多，讓你越來越吃驚，原來竟有人比你爹爹還聰明！」

「住嘴！沒有人比我爹爹聰明！」

凌葛微微一笑。「那些花是他自個兒去摘的，還是你陪他上山去摘的？你一定想不到，原來看似平凡無奇的花還有這麼多用途。當他告訴你這個花的花粉服用太多，會讓人神智失常，你對他說了什麼？你說你有仇家要對付嗎？」

王裕神色陰晴不定，兩隻手握緊拳頭放在桌上，全身都在顫抖。

「你說得不錯，那確實是仇家。用如此污穢的想法意淫你的男子，不是仇家是什麼？管他是不是人前有名的善良公子，管他是不是受鄉民愛戴，你一直屈居在他之下，如今終於也能翻身了。

「是你對四公子下的藥吧？吳阿大這人有個怪脾氣，他喜歡幫別人害人，可他不喜歡人家騙他。他發現你下藥的人是四公子，是不是很生氣？你怕了，不敢再回去找他拿藥，所以四公子只是被搞瘋了，卻沒有被搞死。

「這也沒差了，王員外這下子以爲你是對他兒子不離不棄的癡心人，只差沒八門大轎迎你……」

「住嘴！住嘴！」王裕如一隻困獸坐在桌前喘息。

她輕笑一聲。「好好好，不說就不說。可是那個瞧不起你的洗衣姑娘還是得對付的，所有這些瞧不起你的人都得對付！你是誰，她們是誰？她們不過是一群低三下四的……」

「賤女人！通通是跪在我腳邊也不屑一顧的浪蹄子！她們以爲自己是誰？我不過是湊過去說幾句話，竟然跑去跟員外告狀，說我不正常，想欺負她們！她們是什麼東西值得我欺負？我要什麼有什麼！我說要摘月亮，王員外不敢給我送星星來！我已經是主子了！在那個瘋胚的院子裡，我就是主子！」王裕怒吼。

「說得好。就連吳阿大也不能奪走你的一切！」

「不能！誰都不能！天也不能！地也不能！我有一天會考上狀元！我要讓何妙心那賤貨知道她當初瞎了什麼狗眼——」他喊到聲嘶力竭，最後只能不斷喘息。

斗室裡，只有他重重的喘息聲。凌葛清冷無比地注視他。

最後，他頹然往椅背一靠，兩手緊捂住臉。

凌葛無法同情他。

因爲四公子更値得同情。

所有她從其他人那裡得來的訊息，她都不認爲四公子對任何人使強。四公子和王良這一段感情是朝夕相處，日久生情，彼此相互情願，直到眼前的人中止了王良的生命。

王員外早知兒子有斷袖之癖，也知道王良是他的情人，因而深信兒子不會去淫殺女人，無論神智是否正常。

無論王裕與四公子之間進展到什麼程度，這中間都存了他的有心誘引，怪不得別人。

當你想得到一樣東西，就必須付出另一樣東西做代價，沒有付出之後還爲此來怨恨別人的。

她只是很遺憾四公子所識非人，以致一生良善，卻落得如此下場。

她突然想到許多被歐本殺害的實驗體，當他們接受他的提議時，也想不到他們的人生會就此結束。

「吳阿大身上的刺青是什麼？」她沈靜地問。

王裕微微一震，手卻未放下來。

她嘆了口氣，望著他。

「陳裕，你不是個壞人，是命運對不起你。還記得你爹小時候教過你的事嗎？他一定教過你要做一個堂堂正正的人。這世上有許多人欺騙你、虧待你，只有你爹對你最好。」

死去的人永遠最美好。

他對他父親強烈的執著，是她最好的武器。

她輕聲道：「一切都是吳阿大的錯，不是你。倘若吳阿大沒有出現，你就不會生出要對付四公子的心。若是吳阿大沒有給你花藥，你也不會一直錯下去。

「所有你做的事，都是吳阿大害你的，全是他的錯！倘若你不認識他，你就會一直是爹爹教出來的好孩子。」

王裕抬起頭，怔怔地望著她。

她無比懇切地回望，輕輕柔柔地訴說著：

「告訴我吳阿大身上的刺青是什麼，我幫你抓到他。你見過他上藥好幾次，一定記得。你這麼聰明，是你爹最驕傲的兒子，怎麼可能忘記呢？若是吳阿大沒有害你走岔了路，以你的聰明才智本是狀元郎的命。他太對不起你了！他毀了你的一生，若你爹爹泉下有知，必然痛苦不堪。你告訴我，讓我去抓他，我來幫你報仇。」

王裕慢慢低下頭。

門口有人趁機送上沾好墨的紙和筆，公主接過來交給凌葛，凌葛將紙筆放在他腿上。

「吳阿大不能再害人了，不能再害另一個你。你把他身上的刺青畫下來，我會拿來認他，把他抓出來。」她的聲音一直是輕緩的，飄忽的，如風一般吹過他耳邊。

王裕恍惚聽著，幾乎就想這樣闔上眼睡去。就好像很久很久以前，他娘也曾這般在他耳邊輕輕緩緩地說著故事，哄他入睡。

他茫然地拿起筆，畫下他記憶中的那個刺青，然後往她一遞，彷彿如此已用盡他全身力氣。

凌葛接過那張紙看了半晌，慢慢把紙張收好。

「吳阿大有沒有告訴你，他要去哪裡？」她輕聲道。

「沒有……」

她點點頭，起身走向門口。

身後的王裕突然開口：

「他說，等他傷好了，他要去找朋友……」

她的步伐一定。「他有沒有告訴你他要找誰？有幾個朋友？」

他木然搖頭。

「你做得很好，你爹會爲你感到驕傲的。」她點了點，飄然離去。

14

金盔銀甲，鮮衣怒馬，十面混金絲繡成的緞面錦旗，中央一個巨大的「宋」字，飄揚在隊伍的右邊，另十面錦旗繡著「涼」字飄在隊伍的左邊。

六十名錦衣軍在前，六十名斷後。婢女隨從四十，於花轎兩側相伴前行，間夾絲竹伴奏，禮官隨隊，涼國公主上京的行伍，自淯州浩浩蕩蕩出發。

宋朝校尉威風凜凜領在前頭，與涼國禁軍統領並騎而行，行伍最後由宋國新虎林諾壓陣。沿途百姓夾道歡送，絲竹聲悅耳，歌頌聲不絕。

直至最後一名軍衛出了城門，百姓才意猶未盡地散去。

七天的時間淯州城守能打理出這番氣派，也算不易了。如今既有楊常年自鄰近軍營借調來的一百二十名宋軍，想來再有任何伏擊，也只是自討苦吃。

出城里許，女倌女婢們全上了後頭的車駕。眾女倌雖不解爲何獨有一人騎馬而行，不是隨她們一起坐車，卻也不敢多問。

林諾驅馬來到姊姊身旁。他已換上宋軍的正式裝束，束袖綁腿，銀甲軟蝟，寬胸闊臂將軟甲下的青色底服撐得緊緊的，一把金亮長槍自肩頭露出，壯碩巍然如門神，令人望之生畏。

他微笑看著姊姊。她穿著一身宋室女倌的白緞錦服，緞面以同色系絲線繡滿複雜的花紋，她的神情素來冷淡，此時被華服一襯，更顯得清貴逼人，高傲難近。

「說吧！妳有什麼不痛快的地方，要罵就罵。」

他覺得好笑。之前他們也有過類似的對話，是在離開小村子之時，只是當時先出言討饒的人是她。

果然風水輪流轉。

她淡悠悠地瞟他一眼，不說話。

「我知道妳在氣我決定陪著楊大哥和公主上京去。我只是想，我們現在還沒有明確的下一步，既然如此，不如往京城走。京城是資訊最流通之處，要打聽什麼消息往那裡走就對了。如果中途隨時有新的進展，我們可以脫隊，我已經跟楊大哥打過招呼了。」

凌葛沈默片刻。

「先這樣吧！」

她竟然如此好說話，他反倒覺得怪怪的，不過林諾不會太挑剔自己的好運。

「妳想，王裕畫的那個刺青是什麼意思？」他還在想這件事。

離開前，四公子已被洗清冤屈，接回家中，只是他確實神智全失，無法跟任何人說話了。他們唯一的線索，就是王裕畫的那個刺青。

那張圖還揣在凌葛懷中，但兩人都不需要再拿出來研究，圖案早已深印在他們腦中。

王裕畫出來的圖跟成勝天畫得極類似，只有一些歪七扭八的線條，他們努力解讀，發現最有可能是兩個英文字：

peas ape

這兩個字合起來沒有太大意義。peas是豆子，ape是猩猩。

難道歐本研發了什麼奇怪的毒豆種子傳送過來？猩猩又是什麼意思？難道是藏在猩猩身上？

這麼簡單的兩個字，需要刺在身上才能記住嗎？

他們推敲出來的幾個想法都覺得太牽強。

「吳阿大說要去找人，他在這裡會有什麼認識的人？」林諾百思不得其解。「或許他以前傳送過來的東西有發出指令的紙條？但那也要這邊有人接才行，總不成期望隨機撿到的人就會幫他處理。」

兩人沈默地騎了一小段路，林諾不住看著她。她這幾天安靜得有些不尋常。

『Grace?』他喚。

「你記得我們從成勝天那裡看見的刺青嗎？」她若有所思地注視著前方。

林諾點點頭。「成勝天或王裕都不識英文，是以圖形的概念來理解歐本身上的刺青，p、e、a、o、s這幾個字母看起來都是歪歪曲曲的相似圖案。」

「如果不是相似而已呢？」凌葛悠悠地道。

林諾一怔。

「如果眞的是不同的刺青呢？」凌葛偏眸看向他。

林諾神色漸漸開始轉變。

「你看看我們兩個，同時在這裡。」她的笑意極淡。「我們爲什麼一直認定吳阿大就是歐本，李四就是吳阿大呢？」

林諾深吸一口氣，驀然勒停了馬。

身前的儀隊未發現他們停下來，繼續往前走，中間漸漸拉出一段距離。

「妳是說……？」他沈聲道。

「我只是想，我們應該開始假設，歐本並不是自己一個人過來的。」凌葛淡淡揚起嘴角，悠然地望向遠方。

林諾的視線剎那間銳利無比。

歐本有幫手！

（下集待續）

國家圖書館出版品預行編目資料

破空・卷一/凌淑芬作. -- 初版. -- 臺北市：春光出版,
城邦文化事業股份有限公司出版：英屬蓋曼群島商
家庭傳媒股份有限公司城邦分公司發行, 2024.07
冊；　公分（奇幻愛情）

ISBN 978-626-7282-73-1 (卷1：平裝).

863.57　　　　113006670

破空・卷一

作　　者／凌淑芬
企劃選書人／李曉芳
責 任 編 輯／王雪莉、高雅婷

版權行政暨數位業務專員／陳玉鈴
資深版權專員／許儀盈
行銷企劃主任／陳姿億
業 務 協 理／范光杰
總　編　輯／王雪莉
發　行　人／何飛鵬
法 律 顧 問／元禾法律事務所　王子文律師
出　　　版／春光出版
台北市 115 台北市南港區昆陽街 16 號 4 樓
電話：（02）2500-7008　傳真：（02）2502-7676
部落格：http://stareast.pixnet.net/blog　E-mail：stareast_service@cite.com.tw
發　　　行／英屬蓋曼群島商家庭傳媒股份有限公司城邦分公司
台北市115台北市南港區昆陽街 16 號 8 樓
書虫客服服務專線：（02）2500-7718 /（02）2500-7719
24小時傳真服務：（02）2500-1990 /（02）2500-1991
服務時間：週一至週五上午9:30～12:00，下午13:30～17:00
郵撥帳號：19863813　戶名：書虫股份有限公司
讀者服務信箱E-mail: service@readingclub.com.tw
歡迎光臨城邦讀書花園　網址：www.cite.com.tw
香港發行所／城邦（香港）出版集團有限公司
香港九龍九龍城土瓜灣道86號順聯工業大廈6樓A室
電話：（852）2508-6231　傳真：（852）2578-9337
E-mail : hkcite@biznetvigator.com
馬新發行所／城邦（馬新）出版集團　Cite（M）Sdn. Bhd
41, Jalan Radin Anum, Bandar Baru Sri Petaling,
57000 Kuala Lumpur, Malaysia.
Tel:（603）90578822 Fax:（603）90576622 E-mail:cite@cite.com.my

封 面 設 計／朱陳毅
內 頁 排 版／芯澤有限公司
印　　　刷／高典印刷有限公司

■ 2024 年 7 月 4 日初版一刷　　Printed in Taiwan

售價／399元

城邦讀書花園
www.cite.com.tw

ISBN 978-626-7282-73-1

台北市 115 台北市南港區昆陽街 16 號 8 樓
英屬蓋曼群島商家庭傳媒股份有限公司
城邦分公司

請沿虛線對折，謝謝！

愛情・生活・心靈
閱讀春光，生命從此神采飛揚

春光出版

書號：OF0103	書名：破空・卷一

請於此處用膠水黏貼

讀者回函卡

謝您購買我們出版的書籍！請費心填寫此回函卡，我們將不定期寄上城邦集
最新的出版訊息。亦可掃描 QR CODE，填寫電子版回函卡

姓名：________________

性別：□男　□女

生日：西元________年________月________日

地址：________________

聯絡電話：________________ 傳真：________________

E-mail：________________

職業：□ 1. 學生 □ 2. 軍公教 □ 3. 服務 □ 4. 金融 □ 5. 製造 □ 6. 資訊

□ 7. 傳播 □ 8. 自由業 □ 9. 農漁牧 □ 10. 家管 □ 11. 退休

□ 12. 其他 ________________

您從何種方式得知本書消息？

□ 1. 書店 □ 2. 網路 □ 3. 報紙 □ 4. 雜誌 □ 5. 廣播 □ 6. 電視

□ 7. 親友推薦 □ 8. 其他 ________________

您通常以何種方式購書？

□ 1. 書店 □ 2. 網路 □ 3. 傳真訂購 □ 4. 郵局劃撥 □ 5. 其他 ______

您喜歡閱讀哪些類別的書籍？

□ 1. 財經商業 □ 2. 自然科學 □ 3. 歷史 □ 4. 法律 □ 5. 文學

□ 6. 休閒旅遊 □ 7. 小說 □ 8. 人物傳記 □ 9. 生活、勵志

□ 10. 其他 ________________

請於此處用膠水黏貼